O homem bumerangue

Copyright do texto © 2014 Téo Lorent
Copyright da edição © 2014 Escrituras Editora

Todos os direitos desta edição reservados à
Escrituras Editora e Distribuidora de Livros Ltda.
Rua Maestro Callia, 123
Vila Mariana – São Paulo, SP – 04012-100
Tel.: (11) 5904-4499 – Fax: (11) 5904-4495
escrituras@escrituras.com.br
www.escrituras.com.br

Diretor editorial: Raimundo Gadelha
Coordenação editorial: Mariana Cardoso
Assistente editorial: Amanda Bibiano
Revisão: Fernanda S. Ohosaku e Ravi Macario
Projeto gráfico e diagramação: Join Bureau
Capa: Fernando Dassan (foto premiada na
IX Bienal de Florença, Itália)
Impressão: Graphium

Dados Internacionais de Catalogação na Publicação (CIP)
(Câmara Brasileira do Livro, SP, Brasil)

Lorent, Téo
O homem bumerangue / Téo Lorent. – São Paulo: Escrituras Editora, 2014.

ISBN 978-85-7531-564-4

1. Ficção brasileira I. Título.

14-03761   CDD-869.93

Índices para catálogo sistemático:

1. Ficção: Literatura brasileira   869.93

Impresso no Brasil
Printed in Brazil

Téo Lorent

O homem bumerangue

escrituras
São Paulo, 2014

Este livro é dedicado à minha mentora, Mary L. Daniel,
e aos meus filhos, Sophia e Mateus.

Agradecimentos

À Adriana Pires de Campos, parceira que, além de ter me dado um belo filho, me ajudou muito nos últimos anos para que esse projeto ganhasse vida. À Caroline Furukawa, que desde o início confiou nesse trabalho e me motivou para que abrisse as gavetas e publicasse esse conteúdo de tantas viagens e personagens acumulados ao longo da jornada. E, finalmente, ao grande amigo de décadas e artista brasileiro consagrado internacionalmente, Fernando Dassan, que me presenteou com essa belíssima arte na capa. Sem contar, é claro, com as inúmeras referências de obras musicais que me inspiraram e que homenageio neste livro.

Os trechos, expressões musicais e literárias de vários autores foram impermeadas no texto como liberdade poética pelo autor para expor sua visão.

Não estamos atrás de novidades.
Estamos atrás de descobertas.
Para achar a água
é preciso descer terra adentro,
encharcar-se no lodo.
Mas há os que preferem olhar os céus
e esperar pelas chuvas.
(Oduvaldo Vianna Filho)

Depois que Ulisses retornou à casa,
trouxe muitas linguagens
entaladas na cabeça
e apenas um dilema para lidar:
como viver sendo um
sem as suas outras metades negar.
(Autor)

Sumário

1. Na Pedra da Praia 13
2. O Isqueiro 31
3. Às Margens do Mississipi 47
4. O Violoncelo 53
    Durante o Concerto 53
    Antes do Concerto 59
    Depois do Concerto 70
5. À Francesa 73
6. Rio Barcelona 85
7. Na Tundra 95
    Frio que Queima 95
    Calor que Gela 99
8. A Morte do Cantor Sertanejo 107
9. O Marido 127
    No Consultório 127
    Em Casa 134
10. A Balada de Momo e Uli 143
11. Procurando Helena 153

Na Pedra
da Praia

De um lado da Ponte Rio – Niterói, contornando a orla e vendo ao longe o *skyline* de luzes da zona sul da Cidade Maravilhosa sobre as ondas noturnas da Baía de Guanabara sumindo no retrovisor do carro, despedia-se Orlando de uma vida que queria deixar para trás, indo se refugiar no único recanto que lhe sobrara em uma vila de pescadores: a antiga casa de praia abandonada há mais de dois anos, ou melhor, desde o último diálogo franco que teve com Teresa e que selou de uma vez por todas um casamento que já havia passado da marca dos trinta anos. A perda do filho mais velho durante uma pesca submarina, coisa que o garoto gostava de fazer apenas com o pai, havia abalado profundamente a mãe, a qual parecia jamais ter conseguido se recuperar da tragédia ocorrida há oito anos, quando o jovem gozava de uma beleza e saúde invejáveis no auge dos seus 21 anos.

A tentativa de reconciliação do casal com a casa, dois anos antes, não surtira o efeito esperado em Teresa, muito pelo contrário, resultou na dissolução final da família. Marcinha e Ricardo, os outros dois filhos do casal, tomaram rumos diferentes na vida.

Ricardo mudou-se para Londres e desde então não retornou mais ao país. A última vez que tiveram notícia de Marcinha era de que estava morando na Paraíba e cuidando de uma pousada com sua nova companheira. Teresa ficara no apartamento da família em Copacabana, pintando seus quadros cada vez mais sombrios como a noite que cai sobre aquela orla, e cujas luzes desaparecem agora do retrovisor do carro de Orlando quando finalmente cruza uma montanha, deixando para trás o brilho da cidade e com os olhos focados apenas na luz do farol que ilumina o breu à sua frente, cercado pela mata em busca do mar aberto que poderia ver diante da janela da sala e dos quartos que ainda deveriam estar lá para finalmente abrigá-lo.

Era nisso tudo que pensava com as mãos grudadas no volante, determinado a dar a si mesmo uma nova oportunidade de vida sem ter de se prender a absolutamente nada, nem mesmo ao trabalho, já que acabara de fazer o seu último voo como piloto comercial com a promessa de que fincaria os pés na terra por toda a sua vida, ou o que restasse dela.

Já passava da meia-noite quando entrou na casa e encontrou tudo intacto e exatamente do jeito que a vira pela última vez, graças, é claro, à Dona Flora, esposa de Pixinguinha pescador, que limpara tudo para a sua chegada. Colocou as compras na mesa da cozinha e, à medida que guardava os mantimentos, ia despindo uma peça de roupa e jogando na sala, já com um copo repleto de uísque contrabalançando com a cerveja que já trouxera gelada no *cooler*. Abriu as janelas do seu quarto no andar de cima, foi até a sacada e recebeu em cheio no peito a brisa que vinha do oceano. Uma lua cheia enorme refletia nas ondas do mar, fazendo uma trilha de luzes e se estendendo do horizonte à praia como se fosse um braço vindo até ali para lhe cumprimentar. Era a única companhia bem-vinda de Orlando naquele lugar para lhe dar o ar da graça.

A casa ficava isolada, a cerca de trezentos metros das outras ao seu redor na praia dos pescadores. Só ele e a lua nus. Desceu as escadas correndo, atravessou a sala, a cozinha, entrou no quintal e, soltando um grito de coragem, pulou pelado na piscina, esticou os braços e enrolou-se na toalha. Reabasteceu o copo com outra latinha de cerveja, dirigiu-se ao velho piano no canto da sala, acendeu um cigarro, colocou-o no cinzeiro em cima do velho companheiro que nunca desafina e deslizou os dedos nas teclas, cantando: "Ah! Se a juventude que essa brisa canta, ficasse aqui comigo mais um pouco, eu poderia esquecer a dor de ser tão só pra ser um sonho". Limpou o pulmão e a poeira das teclas com outras bossas mais, fez um belo jantar com camarões, salmão ao vapor coberto com dill e alcaparras, acompanhado por uma pasta ao molho branco, colocou o "Kind of Blues" do Miles para tocar enquanto jantava e ficou ouvindo mais uns três álbuns deitado na rede da sacada do quarto até ver sua primeira aurora chegar, quando finalmente se entregou à cama completamente nu e coberto apenas pelo calor tropical.

Levantou-se por volta do meio-dia e vestiu o novo uniforme que passaria a usar com todo o rigor: calção e chinelos, e, no máximo, uma camisa florida, se friagem fizesse. Tomou café na beira da piscina e ficou ali a tarde toda sem pensar em coisa alguma entre um mergulho e outro, como um jacaré prostrado ao sol. Ao entardecer, entrou, colocou um disco do Jobim, preparou uma *paella* com legumes, o resto do camarão e do peixe, e abriu uma garrafa de vinho à luz das velas espalhadas pela casa. Terminou com o vinho e viu as velas se apagarem uma a uma sentado no piano que preenchia a casa com um *pot-pourri* de trechos de músicas que lhe viam à mente sem ordem, idioma ou cronologia e foi dormir bem antes da aurora.

Cedo acordou Orlando na manhã seguinte e caminhar foi pela orla em direção à praia dos pescadores. Ia ele até a casa de Dona Flora para acertar as contas com ela e o marido, que cuidavam da casa e da piscina. À medida que se aproximava da pequena vila, ouvia um reggae do Bob tomando conta do lugar a todo volume. Quando chegou perto de um sobrado velho com o reboque corroído pela maresia, viu que bem em frente havia uma barraca na areia, feita de postes de madeira, coberta de folhas de coqueiro e com umas mesas e banquinhos, de onde saía o som e agora também dois cães furiosos que vinham na sua direção aos latidos daqueles que mordem.

Pálido, estático e aliviado ficou quando surgiu o dono gritando atrás dos cães. "Quietos! Já pra dentro Bob e Marley! Desculpa aí os caras, meu, eles não conhecem o senhor, elegância" disse o rapaz, aparentando uns trinta anos, olhos claros, uma barriga avantajada, sorriso alegre e com um pedaço de rede de pesca na mão. "Senta aí, elegância, vamos conversar, se tu não tá com presa, tu é dono daquela casa que fica lá frente, não é? Veio vender ou vai passar uns dias?". Sabendo que mais cedo ou mais tarde aquele pequeno lugar saberia, ou já sabia, tudo sobre a sua vida, Orlando não hesitou em abrir o jogo logo de cara para que não lhe importunassem mais com perguntas sobre sua família. Contou que estava só e que pretendia ficar morando ali o tempo que bem entendesse.

O rapaz achou "o velhote maneiro", contou que fora jogador de futebol, mas depois de uma grave contusão no joelho, perdera tudo, inclusive uma "gata bacana" que não quis mais se casar com ele quando "perdeu as pernas e o contrato com um grande time do Rio" e, desde então, como gostava de pescar, comprou aquela casa velha do tio com o dinheiro que sobrara, virou pescador e vendia uns peixes fritos com uma cerveja bem gelada para os turistas nos fins de semana. Foi lá dentro, trouxe uma cerveja para tomar com Orlando, enrolou um baseado ali mesmo e lhe ofereceu. Orlando recusou de imediato dizendo que fazia muitos anos que não fumava maconha, mas logo em seguida corrigiu-se e disse a si mesmo e ao pescador, "Por que não? Agora eu posso fazer o que bem entender". Passou o resto do dia ali sentado comendo peixe, bebendo cerveja, ora rindo à toa, ora com os olhos fixos no mar, fumando maconha e ouvindo Bob Marley, "I wanna love you and treat you right" e Manu Chao, "Me llaman el desaparecido cuando llega yá se ha ido, volando vengo, volando voy, deprisa deprisa a rumbo perdido". A que horas chegou em casa não fazia nem ideia, só sabia que era noite e que havia chegado, pois suas pegadas de areia o acompanharam até a cama.

No dia seguinte, Dona Flora foi ver se ele estava bem. No mínimo porque já sabia por onde ele havia andado. Orlando disse que conheceu o novo pescador da vila no dia anterior, mas que ela não se preocupasse, pois ele continuaria comprando os peixes do marido dela. Pediu que viesse apenas uma vez por mês para fazer uma limpeza geral, que ele cuidaria de tudo, porém continuaria pagando o mesmo valor de antes, pois iria morar ali e tinha uns trabalhos nos quais queria se empenhar a partir de então.

Quando ela saiu, Orlando sentou à beira da piscina e se perguntou que trabalho era esse que iria se empenhar, se não tinha mais o que fazer a não ser cuidar do jardim, limpar a piscina, cozinhar e tocar piano? Mas depois de dar um mergulho, abrir uma latinha de cerveja e olhar para o sol, respondeu a si mesmo: "por que me preocupar com isso agora, estou de férias permanente, ainda é verão e eu mal cheguei aqui?". E assim passou um mês, recusando convites para ir ao Rio ou a outras cidades dos poucos amigos que deixara para trás, resumindo-se a ir umas duas vezes apenas até o pescador, dono do Bob e do Marley, para buscar a erva para temperar a larica do peixe. Passou a ser acompanhado por Hemingway nas leituras, surgindo-lhe a ideia de que a vida o levara até ali para finalmente se tornar um escritor. Como o Hemingway na sua própria Key West! Era para isso que estava ali. Como em uma música do Milton na voz de Elis nas asas da Panair. "Isso dá um bom título", viajou: "Nas asas da Panair".

Orlando ficou empolgado com o futuro projeto, levando outro mês para chegar a essa conclusão, e finalmente teve uma justificativa clara e convincente para contar à Dona Flora quando ela chegou para a limpeza mensal, apesar de sentir que no fundo não tinha de se justificar a pessoa alguma. Contou que agora estava se dedicando à literatura e que estava trabalhando no seu primeiro livro. Ao que ela respondeu com tom de admiração em ver que o patrão não havia se tornado um vagabundo qualquer e, depois de ter sido um comandante de avião, agora iria se tornar um homem das letras.

Ele percebeu que a justificativa tinha lá o seu fundamento depois que ouviu essas palavras da Dona Flora, pois essa, certamente, era a imagem que já tinham construído dele na comunidade local, sem contar a palavra "velho maconheiro" que com certeza ela omitiu por sinal de respeito antigo, mas, antes de ir embora, não economizou palavras para tocar no assunto. "Sabe, seu Orlando, o senhor já é um homem feito, entendedor das coisas, viajado e sabe fumar o seu baseadinho com responsabilidade. O mesmo acontece com o pobre do Valdir, um menino bom, que, se não tivesse perdido as pernas, estaria na seleção brasileira, pois conhecemos ele desde pequeno e jogava um bolão. Agora ele está aí, pescando, cuidando do sustento dele, dando as festinhas dele e, se ele pega algum moleque de menor mexendo com droga perto dele, ele vai pra cima, joga tudo no mar e ainda dá uns cascudos nos pirralhos", disse isso e saiu fechando o portão. Orlando entendeu que justificativas, às vezes, tornam-se necessárias, especialmente para uma simples faxineira. Notou que, mesmo fechado ao mundo, a palavra tem asas e voa.

Ao anoitecer, deitado na rede da sacada com o Hemingway, viu uma fogueira na areia diante da vila e um vulto pesado se aproximando seguido por dois cães. "Fala aí, meu capitão escritor!", gritou o Valdir da areia, "tá rolando o maior luau lá no meu bar, vamos lá, quem sabe não rola umas histórias maneiras pra tu botar no teu livro! Já trouxe um dos bons enrolado pra gente ir fumando no caminho, pra tu chegar lá já calibrado". Orlando se levantou da rede e fez sinal que já estava descendo, enquanto Valdir continuava gritando em meio a risos: "mas não vai pela-dão, não, capitão, senão vão achar que tu é um velho muito doidão!". Orlando surgiu na praia barbudo, trajando uma calça branca de linho, uma camisa listrada, o chapéu de comandante na cabeça, sandálias de couro nos pés e um cachimbo na mão. "Nossa, cara, tu tá parecendo cruzamento de Zé Pelintra com passista do morro e capitão de embarcação! Tu tá três vezes maneiro, elegância, olha a pinta do homem! Gostei. Tu vai arrebentar". Orlando acendeu o cachimbo diante de Valdir e o cheiro que tomou conta da praia era o mesmo para ambos. No sarau, Orlando foi recebido como celebridade. Sorriu, divertiu-se, conversou, dançou. Lá pelas tantas, com a fogueira já no seu último lume, Orlando convidou a todos para irem até sua casa a fim de terminar a festa lá, que ele iria "fazer um som" no piano.

Enquanto caminhavam aos risos pela praia, viam-se ao longe sobre o mar os brilhos dos relâmpagos iluminando o céu. "O tempo vai fechar", dizia Valdir. A chuva caiu em gotas pesadas e os apanhou a metros de entrar na casa, o suficiente para encharcar a todos. Quando viram a piscina, todos pularam euforicos dentro da água com roupa e tudo, afirmando que a água da piscina na chuva é a coisa mais gostosa que existe.

Valdir não pensou duas vezes, tirou o calção, estendeu os braços aos céus totalmente nu e gritou: "sai da frente, minha gente, que lá vai o leão-marinho", deu três passos e se atirou de barriga. Quando emergiu, exclamou: "difícil vida fácil". Orlando virou o copo de whisky, tirou a roupa e pulou logo atrás.

Os pudores foram se dissolvendo com as gotas de chuva, e a naturalidade livre, leve e solta tomou conta de todos. Já envolvidos em toalhas, cobertores e roupas secas que haviam sobrado da família na casa, encontravam-se todos esparramados pela sala, iluminada à luz de vela e flashes de relâmpagos nas portas e janelas, e os estrondos dos trovões sincopados como os pratos da bateria das ondas do mar. Dentro da casa só se ouviam as teclas do piano de Orlando ecoando *Wave*. Depois da onda do Jobim, Orlando parou de tocar, olhou para todos ao redor e disse que tinha uma pergunta a fazer. Todos lhe olharam atenciosos. Retornou às teclas do piano e cantou: "Maurino, Dadá e Zeca, ó, embarcaram de manhã, era quarta-feira santa, dia de pescar e de pescador".

Uma moça holandesa, que morava no Rio e que estava acompanhada de Valdir, levantou-se, foi até o piano, ficou ao lado de Orlando e continuou cantando, quase sem sotaque algum, "aí o tempo virou. Maurino que é de guentar, guentou, Dadá que é de labutar, labutou, Zeca esse nem falou", e nisso todos cantaram em coro, "era só jogar a rede e puxar, a rede". Terminaram de cantar aplaudindo e abraçando a holandesa, que contou que estava no Brasil estudando música e que era apaixonada por Dorival e capoeira, ao que todos riram, dizendo que finalmente entendiam qual era o fetiche dela pelo pescador Valdir.

E qual era a pergunta, indagaram a Orlando: "esses pescadores sobreviveram ou não?", perguntou ele. Esse tema ainda percorreu a noite chuvosa entre uma música e outra até que a manhã chegasse trazendo o frio. A chuva forte, as batidas das ondas do mar e o vento persistiram durante toda a manhã, enquanto todos dormiam amontoados pelos sofás e camas.

Acordou com cheiro bom de café. Desceu à cozinha e encontrou Valdir sentado à mesa, olhos nos olhos com a holandesa. Quando finalmente notou a presença de Orlando indo em direção ao bule, Valdir se levantou apressadamente, puxou uma cadeira, pediu que se sentasse, pois ele lhe serviria o café. Orlando foi até a jovem, beijou-a na testa, disse bom-dia e, antes que pudesse se sentar, recebeu um abraço volumoso de Valdir pelas costas que colocou a boca colada no seu ouvido e disse: "cara, tô amando essa gata! A gente nem dormiu, obrigado, brother, pela noite maravilhosa. Tá rolando a maior química que não sinto há anos. Essa mina me fez esquecer aquela Maria-chuteira que só queria grana. Tu é meu brother, 'I wanna love you and treat you right', pra sempre, bro!", e deu um beijo nele, apertando-o ainda com mais força. Orlando sorriu, sentou-se, tomou um gole do aromático café feito pelo pescador, olhou para a holandesa, viu que seus olhos sorriam enquanto observavam cada movimento do alegre pescador, olhou para a sala e contou pelo menos umas quinze pessoas. Poderia haver mais aconchegadas debaixo dos cobertores.

Sentiu que as paredes da casa estavam mais alegres e acolhedoras com tanta gente, coisa que não acontecia há muito tempo, embora tenham sido construídas exatamente para aquele propósito: acolher pessoas, vibrar música, sons, palavras, risos, confraternizações. Sentiu que finalmente fizera as pazes com as paredes daquela casa, depois de abandoná-las diante de uma situação desanimadora como se elas fossem as culpadas por tudo aquilo que de triste acontecera antes dentro daquela casa.

Téo Lorent

Aquelas paredes não tinham culpa de coisa alguma, aliás, foram as que mais sofreram ali, fechadas, sem alma, questionando a areia, o mar, as plantas e os bichos, tentando entender o que fizeram de errado para serem abandonadas, se foram erguidas para servir de refúgio, de recanto, de paraíso.

Quando voltou seus olhos à mesa e ao copo de café, viu que a holandesa o observava com o mesmo sorriso nos olhos que antes transmitira ao pescador. "Você vai ter muita coisa legal para contar no seu livro, porque é um cara muito legal. Esse lugar é lindo e muito inspirador", disse ela. "Tu vai virar um best-seller, cara!", emendou o ex-jogador de futebol, abraçando Orlando e a holandesa ao mesmo tempo. Era domingo, a chuva e o vento persistiam enquanto eles faziam um grande almoço entre peixes, frutos do mar, saladas, improvisações em que cada um fazia um pouco e todos acrescentavam algo. Aos poucos foram saindo e, quando anoiteceu, pela primeira vez, Orlando sentiu a casa vazia. Não mais triste, apenas vazia ou um reflexo dele mesmo depois de toda aquela celebração de alforria. Recorreu ao Bach, ao cobertor e ao sofá, contemplando as paredes que pareciam o acolher com mais carinho. Dormiu ali mesmo na sala.

Choveu sem parar durante toda a semana e o frio fez com que acendesse a lareira pela primeira vez em anos, pois dava para se contar nos dedos as vezes em que usaram aquela casa no inverno. Aliás, foi a primeira vez que realmente presenciou o inverno naquela região. Fazia muito frio. O vento gelado do mar aberto batia na porta da frente e insistia em invadir a casa pelas frestas das janelas acompanhadas pela maresia das bravas ondas que não permitiam sequer que fosse até a sacada do quarto para ver o que acontecia no mundo lá fora. Passou toda a semana esboçando histórias no seu caderno, ora na mesa da cozinha, na mesinha da sala, em cima do piano, deitado na cama, ou simplesmente estendido no sofá com o caderno no chão.

Já entrava na segunda semana chuvosa quando lhe apareceu o Valdir na porta. "Fala, brother! Não quero atrapalhar o livro, mas vim trazer um estoque de fumo pra tu, que deve durar uns dois meses, quando isso acabar, é só falar com uma sister minha que vai alugar a minha casa. Tô indo pra Holanda com meu love, brother!". Pegou uma cerveja na geladeira, sentou à mesa da cozinha, começou a dichavar um baseado, parou e desatou a chorar aos prantos. "Meus cachorros, brother! Ninguém quer cuidar dos meus cachorros, o que eu vou fazer se acontecer alguma coisa com eles. Eu não posso levar os cachorros comigo, custa a maior grana". Sem hesitar, Orlando disse que ficaria feliz em cuidar deles e, além do mais, eles lhe fariam companhia. "Tu é um brother de verdade, tu só me deu sorte desde que chegou aqui", e abraçou Orlando aos beijos. "Pelo menos seus cães não me lambem tanto quanto você", respondeu Orlando.

Bob e Marley não demoraram um segundo para se adaptarem a Orlando, pois os coitados andavam subnutridos, alimentados apenas à base de restos de peixe e arroz. O Bob era um desses poodles gigantes com o pelo tão imundo que parecia um verdadeiro rastafári com seus dreads encardidos. O Marley, na realidade era ela, uma cadela genérica, esguia e marrom que lembrava um galgo e vivia balançando a cabeça como se acompanhasse um ritmo de reggae tocando constantemente dentro do seu pequeno cérebro. A veterinária desconfiou que se tratava de filária e receitou um monte de medicamentos caros. Banhados, bem alimentados e limpos, sentiram-se merecedores da nova vida que ganharam. Aprenderam a não sair jamais do portão para atacar as pessoas que caminhavam na praia, como o próprio Orlando fora vítima, passeavam de coleiras ao final da tarde e ouviam elogios na vila. Até empinavam os focinhos quando passavam diante de outros cães que não tiveram a mesma fortuna da ração. Como o inverno daquele ano fora bem mais rigoroso que qualquer anterior, os cães dormiam dentro da casa. Às vezes, Orlando acordava com a Marley e o seu reggae incessante deitada aos pés da cama.

O sobrado do ex-jogador permanecia abandonado e isso não importava mais, pois fumava com responsabilidade e, se não tivesse, não faria diferença alguma. Resolveu caminhar com os cães até o fim da praia da vila, onde havia uma pedra enorme que, de cima, era possível ver toda a extensão daquela orla. Entre a pedra e o morro tão alto quanto o Pão de Açúcar, corria um riacho que desembocava no mar. Era nesse ponto que os barcos saíam para pescar e, reza a lenda que, muitos anos atrás, podia se encher uma rede de camarões pitu, maiores que a extensão da palma da mão, além de belos robalos, tão apreciados na culinária japonesa, mas a poluição dos condomínios que cresceram acima do rio acabou com tudo. Os pescadores mais antigos da vila moravam ao redor do riacho e a casa de Pixinguinha ficava do outro lado de uma ponte de madeira improvisada, na encosta do morro.

Na pedra da praia subiu e ali permaneceu alguns minutos observando o horizonte. Algo em seu pensamento o incomodou, desceu apressado. Quando saltou na areia, desatou a chorar. Voltou-se para trás, cruzou os braços na altura da testa apoiados na pedra, escondeu o rosto nas costas das mãos e chorou aos prantos, sempre repetindo a palavra "não". Atrás dele, a vila parecia uma cidade fantasma por causa do frio e do inesperado vento gelado que aquele povo não estava acostumado a receber com tanta violência em algum tipo de prenúncio de era. O silêncio do frio só era rompido pelo forte estrondo das ondas batendo nas pedras e pelo vento soprando nas folhas da mata, como aquelas músicas de fundo *new age* que vemos em seções sobre a natureza nas livrarias.

No entanto, aquele pranto de voz masculina na pedra da praia destoava da paisagem e, pela fresta da janela e pelo vão da porta, aquele lamento chegou aos ouvidos de Pixinguinha, que estava sentado à mesa da cozinha tomando café. Abriu a porta assustado, temendo alguma desgraça no mar bravo ou na pedra, saiu na varanda e, olhando aos seus pés do outro lado do riacho na margem da pedra, viu a cena. Notando que se tratava de um choro ecoando algo do passado, hesitou alguns segundos antes de intervir. "Seu Orlando! Seu Orlando!", gritou. Quando Orlando ergueu a cabeça em direção a ele, continuou em tom firme: "Tá tudo bem com o senhor?". Orlando enxugou as lágrimas na manga de seu quebra-vento de nylon e fez um sinal de positivo. Pixinguinha tirou um cigarro do bolso, acendeu e olhou de novo para Orlando: "chega até aqui, vamos tomar um cafezinho, a Flora acabou de passar! Vem pra cá, sobe logo que tá fazendo um frio danado".

Orlando cruzou os braços como se quisesse abraçar a si mesmo, olhou para trás e viu a longa extensão da praia de pelo menos um quilômetro até a sua casa, virou as costas para o mar, atravessou cuidadosamente a frágil ponte de madeira, subiu uns degraus e, quando se viu cara a cara com Pixinguinha, acolheu as mãos do pescador em seus ombros e deixou-se conduzir para dentro da humilde, porém acolhedora, casa. Assim que se sentou à mesa, Dona Flora lhe serviu um café. "Estou fazendo um peixe com pirão que não tem igual. O senhor vai ser o nosso convidado e depois vai pra casa com a barriga quentinha". Olhou nos olhos de Dona Flora e apenas sorriu. Vendo esse tímido sorriso, Pixinguinha levantou-se, foi até um armário, pegou uma garrafa de cachaça, misturou no café na sua caneca de alumínio, colocou a garrafa no centro da mesa, levantou a caneca sorrindo e olhando nos olhos de Orlando, que copiou o mesmo ritual, e brindaram. Não trocaram uma palavra até o café do copo acabar. Quando acendeu um cigarro cada um no mesmo palito de fósforo é que Pixinguinha perguntou:

– Por que você não volta a pescar com a gente assim que esse tempo abaixar? Vai lhe fazer bem...

– Não sei, respondeu Orlando.

– Eu sei, afirmou Pixinguinha.

– Sabe o quê?

– Sei de tudo, homem! Sou um pescador e todo pescador sabe um pouco de tudo. Jesus era pescador.

– Não era carpinteiro?

– E pescador também! Já viu um homem que constrói barco e que não gosta de pescar? E o homem, além de pescador de peixe de verdade, foi o maior pescador de gente que já existiu até hoje!

– Então, o que você sabe?

– Sei que se tu entrá naquele barco comigo e tu voltá lá, tu finalmente vai sentir uma paz de espírito e deixá que o menino descanse em paz também. Tu é piloto, tu sabe disso. Só porque caiu um avião, tu deixou de voar alguma vez?

– Vou pensar nisso.

– Tu pensa com calma, mas eu só vou te dizer uma coisinha mais: se tu veio pra cá, já aposentado pra curtir o resto da vida, por que vai deixar de fazer uma das coisas que mais gostava de fazer na vida que é pescar? Tu construiu aquela casa de frente pro mar pra vir aqui pescar e, é claro, sei que tu tá aí solto e não tem mais nada pra esconder, e pra dar os seus "pulinhos de cerca", que a gente aqui sabe de tudo, mas é boca calada. Lembra? O senhor era bem danado, hein, seu Orlando! Inventava

O homem bumerangue

uns voos fantasmas lá pras Europas pra Dona Teresa e rolava umas festinhas bravas, cada mulherão, aqui entre nós, antes que a Flora escuta lá da cozinha.

– Isso era uma outra época, Pixinguinha. Isso faz muito tempo. As coisas eram bem diferentes naquela época. Até pitu brotava desse riacho!

Trocaram mais figurinhas enquanto a Dona Flora servia um ensopado de peixe com pirão levemente apimentado. Os filhos de Pixinguinha tinham se mudado para a cidade. Uma se formara em direito, era o orgulho dos pais, e os netos sempre vinham no verão e nas festas de fim de ano para pescar e curtir a praia com os avós, contava Pixinguinha sobre sua prole, questionando Orlando sobre Marcinha e Ricardo, e obtendo detalhes elusivos. Orlando se despediu agradecendo a hospitalidade e o carinho de anos e voltou para a casa pensando se teria coragem de encarar de novo uma pescaria. Dormiu o resto da tarde e acordou no início da noite, decidido por onde teria de começar o livro.

Antes de enfrentar o mar novamente e reviver o fatídico dia do passado, deveria primeiro ter coragem o suficiente para ao menos repassar aquele momento em palavras, no papel. A representação escrita geraria uma turbulência menos severa à sua mente, foi o que pensou. Mas, quando começou a escrever o que lembrava do acontecido, deu-se conta de que a turbulência severa era sempre aquela que estava por vir e não a que passou, pois cada voo é um voo, cada viagem é uma viagem, uma jornada é uma jornada, independente de a rota ser sempre a mesma. Olhou para aquela noite equatorial, fria e chuvosa e, como um comandante que fora sempre, preparado para enfrentar qualquer intempérie sobre o Atlântico, alçou voo na escrita sem se importar com o tempo que levaria para chegar ao destino que as palavras quisessem alcançar.

Aterrissou no final do verão antes que a aurora chegasse, taxiando seu livro com as seguintes palavras:

"Neste recanto, protegido por um falso Pão de Açúcar, que se faz presente na janela ao amanhecer do dia, enorme pedra sólida como um elefante cuja tromba desemboca no mar, saciando uma sede incessante. Eu fico estático e minúsculo a observá-lo como um grão de areia grossa salgada, que, mesmo levado da praia por ondas revoltas, sempre retorna ao mesmo lugar. Levanto-me e vou até o quintal para vê-lo melhor e mais a menudo. Percebo que a sinfonia de pássaros e sabiás não está tocando como sempre faz nas manhãs tropicais. Nem palmeiras e coqueirais orquestram os sons dos animais, permanecendo imóveis como eu ali parado debaixo delas num silêncio ensurdecedor, com a respiração presa como em um vácuo que o ar tivesse fugido para algum outro lugar que não fosse ali. Suguei o nada para dentro de mim, prendi a respiração e levemente comecei a soprar para cima. As folhas começaram a se mexer. Repeti o movimento com mais ímpeto e o vento veio zigueza-gueando na direção que soprava, balançando ainda mais as folhas. Repeti o movimento três vezes com muito mais força e isso foi o suficiente para que o dia, que mal se fizera dia, voltasse a ser noite e a tempestade sudoeste chegasse de vez como nunca chegara há anos naquela região. Deixei que o vento me abraçasse e a chuva me lavasse a alma por completo antes de entrar em casa. Veio forte o vento. Vi galhos caírem e telhas sendo levadas flutuando como folhas de papel. Perspectivamente, via da janela lateral a paisagem como um nada, sendo arrastada de um lado para o outro do meu olhar, como meras palavras impressas numa página de um livro no momento em que está sendo virada em busca de outra nova pela fúria do vento da mão do leitor. Eu, pássaros, pessoas, animais, casas, ruas inteiras com seus postes e fios em faíscas, substantivos, pronomes, conjunções, sem exceções, sendo arrastados numa enxurrada para junto das páginas anteriores de uma história que parecia nunca ter fim. A luz se apagou em meio à ventania. Escutei um estrondo como o de um trovão. Imaginei que o mar já estivesse batendo na porta da frente como um tsunami indicando o fim dos tempos. Corri aos fundos para ver o que era e lá estava o portão da garagem aberto com a tranca arrebentada batendo de um lado para o outro, agora correndo um rio onde era a rua dos fundos da casa, e que estava prestes a invadir o quintal. Aventurei-me na tormenta para prender os cães antes que corressem para fora, já os vendo ir naquela direção sem medo algum. Para minha surpresa, ao sair pela porta e atravessar todo o jardim com os olhos protegidos pelas mãos, encontrei-os sentados diante do portão e uivando para a rua. Segurei-os pelas coleiras, protegendo meu rosto da chuva e do vento forte que vinham do portão, quando, ao virar-me de soslaio para ver o rio que atravessava a minha rua, passou uma jovem negra e grávida com água até a altura do joelho e uma sombrinha na mão. Andava prazerosa e tranquila com uma mão no colo do ventre e a outra segurando levemente a sombrinha como se nada passasse de uma breve chuva de verão lhe lavando a alma. Ao me ver, sorriu e acenou como quem diz bom-dia e, assim como surgiu, desapareceu, sumiu entre o véu da chuva e o vestido longo de água da rua. Recebi o sorriso como o de um passageiro que me sorri aliviado e agradecido na porta do avião na despedida do voo, depois de fincados os pés no chão, saindo de uma viagem turbulenta rumo a um destino incerto".

Terminadas essas palavras, colocou o tênis, vestiu o calção, pendurou uma camiseta no ombro, pegou seu chapéu de capitão e saiu correndo. Quando passou diante do velho casarão do ex-pescador, notou uma mulher no topo de uma escada lixando a parede antes de pintar. Acenou saudando a nova moradora e ela retribuiu o aceno. Atravessou então toda a extensão da praia até a casa de Pixinguinha que já se encontrava no barco prestes a fazer a travessia entre a pedra e o morro em direção ao mar. "Espere!", gritou ele, subindo na pedra. Pixinguinha desligou o motor do barco e mandou que ele esperasse que faria a volta para buscá-lo. Orlando disse que não precisava voltar. Desceu a pedra rumo ao riacho desembocando no mar, pulou, nadou umas poucas braçadas até chegar ao seu destino. Subiu até o barco. Quando já estava lá dentro, falou "Hoje vamos pegar muito peixe!". Pixinguinha lhe apresentou ao outro pescador, cujo nome era Dadá, e os três sumiram na noite escura antes da aurora acordar. Era quarta-feira santa, dia de pescar e de pescador.

O
Isqueiro

Saiu para se encontrar com Vera que ficou de ajudar uma amiga na limpeza da casa que acabara de deixar depois de uma mudança inesperada. Chegando à porta da cozinha, encontrou o chão molhado e as duas lavando o piso. Arriscou um deslize no chão ensaboado como quem brinca no gelo e terminaram os três tomando uma cerveja e brindando o fechamento da casa e o começo da nova vida da amiga. Minutos depois, saíram ele e ela, já que a amiga tinha que resolver umas coisas com o zelador. Era um domingo e as ruas estavam quietas, paradas e tranquilas; eles seguiram o trajeto a pé, pois não haveria motivo para entrar no túnel do metrô se aquela tarde de domingo estava tão linda e ensolarada como não se via há tempos depois de um temeroso inverno.

Ela carregava apenas uma pequena mala dessas de rodinhas com algumas compras que havia feito no shopping, naquela manhã, com a amiga, antes de encararem a limpeza. Quando cruzaram uma rua, viram mais adiante uma feirinha de ciganos que estava rolando, diga-se de passagem, terminando, porque se notavam pessoas carregando os carros e desmontando as barracas. Nesse instante, ele parou para acender o cigarro. O isqueiro, no seu suspiro final, negava a chama enquanto a pedra ainda faiscava. Foi o tempo suficiente para que sua esposa se distanciasse alguns metros e ele percebesse, ao virar o rosto no intuito de abafar qualquer brisa que o impedisse de acender o isqueiro, um grupo de quatro jovens se aproximando por trás. Três deles o cercaram, enquanto o quarto, em passos largos, tentava alcançar sua parceira. "Fique quieto que não vai acontecer nada", disse-lhe o mais alto deles. Porém seu desespero se voltou para aquele que, alcançando sua mulher, tomou-a pelos braços e a fez caminhar ao lado dele para não chamar a atenção.

Ficou ali parado, estático, o cigarro apagado pendurado na boca, com as costas apoiadas em um carro estacionado com os três o cercando e encarando-o olhos nos olhos, como quem diz "não olhe para os lados, nem dê bandeira". Ouviu passos apressados na calçada oposta. Um dos sujeitos tirou o isqueiro de sua mão e, como num gesto nobre, tentou acender o cigarro que permanecia apagado e pendurado na boca dele, sem lhe desviar os olhos. Depois de tanto tentar, o bandido viu que o isqueiro não funcionava. Sacou o dele prateado e todo ornamentado do bolso, acendeu o cigarro da sua vítima de assalto, pegou-lhe a mão direita fria e suada, abriu-lhe os dedos, colocou o isqueiro entre eles e fechou-a: "fica com esse para você", disse isso e jogou o outro inútil isqueiro na sarjeta, debaixo do carro, depois disso guardou a carteira que havia sacado do bolso da vítima com uma das mãos enquanto a outra permanecia no bolso. Afastou-se dele e caminhou lentamente pela mesma direção de onde viera com os outros dois acompanhando-o atrás. Quando estavam a uma distância de uns quatro carros estacionados, dispararam em alta velocidade cruzando a rua. Ele olhou para um lado e nem sinal de

O homem bumerangue

Vera, voltou a olhar para o outro e viu somente vultos em jaquetas pretas de couro dobrando a esquina à direita.

Sabia que deveria correr na direção que raptara a sua mulher e, à medida que acelerava o passo, o sangue lhe subia à cabeça, retornou até a feirinha *hippie* num fôlego só, abordando pessoas: "vocês viram passar por aqui uma mulher loira de cabelos compridos empurrando uma mala de rodinhas acompanhada de um homem?". Não, não e mais que demais nãos se sucederam enquanto seu desespero aumentava a ponto de pegar as pessoas pelos braços e forçá-las a se lembrar de algo, qualquer pista que fosse. Tudo em vão. Havia algumas ciganas já dormindo embriagadas e o clima era de música gitana alta e fim de festa. Voltou para trás até a esquina onde a viu pela última vez, quando escutou um som fácil de entender vindo bem lá do fundo de seu ouvido, chamando-o como se fosse um suspiro do além dentro de sua cabeça. Olhava para um lado e para o outro e nada da voz. Até que então ergueu a cabeça aos céus, olhou para um paredão de edifícios e lá estava, no terceiro andar de um prédio de luxo, um velhinho em uma cadeira de rodas em uma varanda apontando na direção em que haviam fugido os rapazes. Fez a ele gestos de uma mulher empurrando uma mala de rodinhas para se certificar de que se referia à sua mulher e não aos rapazes, que há pouco o assaltaram. Ele balançou a cabeça positivamente e continuou indicando na mesma direção. Saiu correndo mais uma vez na direção oposta.

Possivelmente os passos que havia escutado durante o cerco poderiam ter sido os dela com o bandido a empurrando. E o barulho das rodinhas? Com certeza ele teria ouvido. A menos que ele estivesse carregando a mala dela na mão para forçá-la a andar mais rápido. Só pode ter sido isso aqueles passos apressados que ouvira durante sua emboscada. Com certeza era isso que havia acontecido e, mesmo que estivessem empurrando, ele dificilmente teria notado precisamente diante de tanta tensão. Ia se alimentando dessas certezas enquanto corria. Os vultos haviam dobrado à direita, era para lá que deveria ir, não deveriam estar longe com a mala na mão. Merda! Poderia estar bem perto deles se não tivesse perdido tempo com aquela gente que não conseguia enxergar nem um palmo na frente do nariz naquele fim de feira, pensava enquanto corria. Ao virar à direita, abria-se uma rua estreita ladeira abaixo. Acreditou um pouco na sorte. Da sorte extraiu uma fé que não tem tamanho. Uma fé capaz de trazer o brilho da esperança aos olhos dos desesperados. Conseguia ver a ladeira se curvar para cima lá embaixo sem ruas paralelas nem esquinas. Acelerou o passo num sprint com a certeza de que o seu campo de cobertura havia aumentado. Desceu desenfreado. Eram poucas travessas da ladeira e muitas ruas sem saída, mas conduzido por uma força interna, estranha, de intuição, desespero ou uma força etérea, sabia que deveria ir até o fim da ladeira. Chegou sem fôlego e com uma tosse incessante. Ofegante, inclinava o corpo e apoiava as mãos nos joelhos para tossir. Já não tinha mais o que fazer.

Entrou na rua arborizada ao lado e se sentou no murinho de um prédio debaixo da sombra de uma árvore frondosa. Estava sem ar e as árvores paradas não moviam uma folha. Olhava de um lado para o outro e nada. Não havia vivalma, nenhum carro passava pela rua. Percebeu que ali não havia sequer um carro estacionado. As janelas dos prédios estavam fechadas e não se via o menor sinal de pessoas, nenhum ruído, um silêncio absoluto. Era como se o mundo inteiro tivesse sido abduzido para outro planeta. Pensou: Será que só havia sobrado ele, o velho da varanda e aqueles ciganos no mundo? Escutou um sopro como o de um trago de cigarro vindo detrás, quando virou o rosto, deparou com uma mulher totalmente nua, na sacada do primeiro andar do prédio, a uma distância de poucos metros, tragando um cigarro e o observando. Quando foi proferir uma palavra, sem saber exatamente o que iria falar, ela apagou a bituca do cigarro no cinzeiro da varanda e, lentamente, voltou-se à porta da sacada para entrar. "Por favor, espere!", gritou para a moça. "Por favor, só um segundo, não é nada de mal... não é nada de mal... não é nada, mal...". Repetia essas palavras com ênfase. Ela reapareceu na sacada, ainda nua e com a maior naturalidade perguntou o que queria, com um sorriso descontraído, totalmente natural e despreocupado. Ele se lembrou de ter soltado da boca apenas um "eu preciso de..." com o fôlego que restava.

Quando abriu os olhos, estava deitado no sofá de uma sala repleta de móveis pesados e antigos, mas bem decorada com um ar de nobreza insistente apesar dos tempos. Na sala ao lado, sentados à mesa de jantar, havia uma senhora de olhos claros focados nele, um senhor de idade sentado de costas, um jovem de uns 15 anos entre os dois e a moça nua da sacada de pé ao lado do senhor folheando uma revista. Ela continuava totalmente nua. A mulher idosa o viu se mexer e avisou ao resto da mesa, "olhe lá, ele acordou". Todos o olharam e ao mesmo tempo se levantaram e foram à sala de estar. A moça nua foi e se sentou ao seu lado, o senhor sentou-se na poltrona na frente dele, a senhora ficou de pé e o jovem se sentou no braço do sofá ao lado da moça nua, que pegou em sua mão e perguntou se ele se sentia melhor. Começou a se lembrar aos poucos o que lhe havia acontecido, mas muito vagamente e passou a questioná-los sobre o que aconteceu. Ela contou que ele estava parado na frente do prédio e quando a viu, desmaiou. O senhor idoso com um sotaque alemão disse: "mas no é todo dia que se vê uma mulher como mia filha tão linda assim, no é?", e soltou uns risinhos curtos compassados na tentativa de demonstrar humor diante da situação. "Deixa de besteira, Fritz, o moço ainda está confuso", retrucou a senhora num tom mais terno do que severo. Mas, ao dizer que estava confuso, sentiu-se mais confuso ainda e realmente estava. A primeira coisa que lhe veio à tona foi que na noite anterior havia discutido com sua mulher e, depois de tantos bate-bocas e mágoas, ela acabou arrumando a mala e saiu pela porta dizendo que iria para a casa da amiga. Depois se viu acordando num banco de praça com uma garrafa de champanhe vazia ao lado. Tudo estava rodando. Inclusive a "Sagrada Família" se tornara mais abstrata do que nunca à sua frente, o lago, os velhos jogando bocha e o mar não tão distante. Neste momento, verificou e apalpou a camisa que vestia e notou que era a mesma da noite anterior, traje muito social, com camisa em abotoaduras e paletó, mas sem a gravata. Será que sonhou tudo aquilo sobre o roubo e o rapto da mulher? A cabeça voltou a rodar e deitou de novo. "Vou buscar mais água", disse a senhora idosa.

Depois de beber água pediu para usar o telefone. Ligou para casa, mas ninguém atendeu. Ligou para o celular e estava fora de área. Ligou para a amiga dela e o telefone estava desconectado e o celular fora de área. A moça nua perguntou se queria comer algo, o que ele recusou agradecendo. Não tinha nada nos bolsos, nem a chave de casa. Além disso, como fazia pouco tempo que morava na cidade, não conhecia sequer alguém que pudesse vir ao seu auxílio, apenas algumas pessoas que encontrava com frequência no bar que costumava ir e que não abria aos domingos, mas mesmo assim não tinha o número do telefone nem o endereço das pessoas que lá frequentavam. De novo aquela sensação angustiante de desamparo, abandono e total despreparo. Levantou e se dirigiu até a porta de vidro que dava para a sacada. Pensou um pouco, voltou para dentro da casa e com um ar mais sereno

O homem bumerangue

tentou de novo explicar tudo o que entendia da própria situação aos inusitados anfitriões. Escutaram atentos e imóveis. Quando terminou, agradeceu o grande auxílio que lhe haviam dado, dizendo-lhes que iria embora.

– De maneira alguma, você não vai sair daqui agora não – disse a moça nua.

– Você vai tomar um banho, jantar conosco e depois quando conseguir entrar em contato com sua mulher, vamos ao hospital se for o caso, pagamos um táxi para te levar para casa. Além do mais, o que você vai fazer na rua sem dinheiro e sem chave para entrar em casa? – Emendou a mãe.

– Eu sou um médico aposentado. Pode ser que você tenha sofrido algum trauma ou alguma complicação e acho melhor passar um tempo aqui conosco e, se for o caso, eu irei junto ajudá--lo no que for preciso – disse o velho alemão se levantando, ndo abraçá-lo de forma paterna e conduzindo-o ternamente ao banheiro.

– Vou preparar um jantar bem especial para você – novamente emendou a mãe.

Estava no banheiro, meio despido antes de entrar na ducha, quando entrou a moça nua trazendo uma toalha e um roupão, com a mesma naturalidade que vinha exibindo antes, deixando--o sem reação alguma.

– Aqui está a toalha e um roupão do meu pai, se precisar de mais alguma coisa, aparelho de barbear, tem tudo aqui nesse armário.

Sem lhe dar tempo algum sobre qualquer coisa e com a maior naturalidade que jamais presenciara de pessoas estranhas, ela chegou bem próximo a ele, inclinou-se para dentro da banheira, abriu a torneira, pediu para que checasse a temperatura da água e passou uma mão em seu rosto, enquanto lhe entregava a toalha com a outra. Era como se fosse totalmente íntima.

– Quer que eu fique aqui com você no banheiro enquanto toma banho ou prefere ficar sozinho?

Não sabia o que responder àquela naturalidade e olhando-a ali antes de se despir totalmente, notou que era muito bonita apesar de não ser tão jovem. Cabelo curto e negro estilo chanel e os olhos de esmeraldas. Ou uma ariana dos olhos d'água.

– Não precisa ficar, respondeu.

Estava saindo quando a chamou de novo.

– Espere! Só mais uma coisa....

– Diga.

– Por que você está nua? Eu não estou acostumado a ver ninguém assim com essa naturalidade diante de mim, muito menos com... os parentes por perto...

– Estou nua porque gosto de estar assim e, se não posso ser eu mesma diante da minha família, com quem poderia estar? – encostou a porta deixando essa interrogação, a toalha e o robe para o seu banho solitário.

Voltou à sala de banho tomado e sentou-se no sofá, onde se encontrava o pai da moça nua com uma revista na mão. Olhou para a sala de jantar e recebeu um sorriso complacente da mãe arrumando a mesa para o jantar. "Então o senhor é médico?", perguntou ao pai da moça olhando para o pequeno busto de Freud que se encontrava perdido entre os livros na estante à sua frente e "aposentado" foi a resposta contundente que recebeu, colocando a revista em cima da mesa.

– Você se lembra em que você trabalha?

– Não. Lembro-me apenas do rosto da minha mulher, da amiga dela e alguns vultos sem nome dentro de um bar não sei onde.

O homem bumerangue

– Você tem um sotaque diferente, não é daqui como eu...
– Sou brasileiro.
– Mas você não tem sotaque de brasileiro. Escuto as entrevistas de brasileiros na TV, e o sotaque do senhor não lembra renhum deles.
– Pode ser. Faz muito tempo que moro fora do Brasil.
– Ótimo! Já estamos fazendo progresso... fale mais do Brasil.
– Não sei. Consigo me lembrar apenas de um garoto correndo numa rua de paralelepípedos, onde as casas são sobrados de dois andares, unidas por uma única parede que desaparece numa curva logo adiante. Esse garoto veste um capacete de piloto de Fórmula 1 e está correndo na calçada dentro de um carro de corrida imaginário, imitando o ruído do motor com a boca... interessante ser essa a única imagem que me vem à cabeça neste instante se misturando com a ladeira que desci há pouco – pensou alto...
– Talvez você seja um piloto de corrida agora, quem sabe, os brasileiros são bons em Fórmula 1 e você não se parece com nenhum jogador de futebol que vejo na TV e nos jornais – disse o pai da moça, soltando seus risinhos curtos e bem-humorados.
– Não acredito, mas o título daquele livro do senhor ali na estante me parece familiar: *Sein und Zeit*.
– Oh! Que ignorância minha! Estamos aqui tentando descobrir algo sobre você e nem sequer perguntamos o mais básico de tudo, qual é o seu nome?
– Heidegger. É Heidegger.
– Você se chama Heidegger? – perguntou Fritz com ar de desconfiado.
– Não. Estou me referindo ao autor do livro *Ser e Tempo*.
– Ah, claro – retrucou com seus risos compassados.

Téo Lorent

– Tantos nomes me vêm a mente com muita propriedade, João, Jorge, Graciliano, José Maria, Fernando, Gonçalves, Euclides, Castro, Manuel, Cabral, Fagundes, Mário, Paulo, Casemiro, Junqueira e tantos outros. Todos eles me dizem algo sobre o meu nome, mas sem que eu consiga me identificar com nenhum deles.

– Podem ser seus parentes, amigos e haver entre eles alguma afinidade... ah, mas é claro, a nova escalação da seleção brasileira, vocês sempre com craques novos, hein!

– Realmente sinto uma afinidade muito grande com esses nomes que acabei de falar, mas não me lembro dos rostos... nem do meu próprio nome. Mas também não os vejo trajando o mesmo fardão canarinho.

– Autores? – indagou Fritz tocando no busto de Freud.

– É possível.

– Você poderia ser um professor, jornalista, escritor, do mundo das letras ou, simplesmente, uma pessoa esclarecida. Por exemplo, identificou *Sein und Zeit*, isso já é algo, pois com o tempo podemos chegar à resposta de quem realmente é...

– O jantar está na mesa – chamou a mãe da moça nua.

– Enquanto esperamos que algo mais lhe venha à cabeça, vamos comer porque a fome não espera e bem alimentados lembramos melhor das coisas – disse o pai entre tapinhas calorosos nas costas e seus risinhos compassados.

Durante o jantar, a família se empenhou animadamente em contar histórias sobre suas experiências ultramarinas, no intuito solidário de dar um pouco de trégua ao náufrago visitante atordoado. Era uma família muito descontraída e interessante, distraiu-se pensando. Foi então que descobriu algo sobre a naturalidade da nudez da moça. Eram naturalistas e o calor e a descontração mediterrânea os haviam recebidos de braços abertos. Contaram

O homem bumerangue

também que na ocasião de uma visita que fizeram ao Brasil, haviam causado enorme furor quando foram ao Rio de Janeiro e, no meio da multidão, num domingo em Ipanema, mãe e filha tiraram a peça de cima na praia para se bronzearem.

– Quando minha filha tirou a peça de cima, ninguém reclamou, muito pelo contrário, os homens ficaram todos ouriçados. Mas quando eu resolvi fazer o mesmo, algumas mulheres ao meu redor começaram a me xingar de desavergonhada e que coisa feia eu fazer aquilo na frente das crianças... e sei lá mais o quê! Imagina se fosse o Fritz que tivesse tirado a roupa dele primeiro! – contou a mãe entre risos.

– Fomos ao Brasil achando que era o paraíso da liberdade natural e vimos que não, é como qualquer outro lugar no mundo, onde temos que buscar nossas praias. Interessante que não evoluímos nada no conceito da moralidade. Pode? Ainda tapamos nossos sexos como se fosse uma vergonha, mas nos exibimos copiando os pássaros tropicais, explorando as falhas dos outros sem nenhuma vergonha na cara – discursou o pai, inconformado com o mundo social que considerava canônico demais e seguiu falando sobre a não evolução do mundo moderno e o excesso de pornografia na TV a cabo *versus* o fundamentalismo antiquado religioso e que a Alemanha Oriental, antes da queda do Muro de Berlim vivia uma revolução sexual muito mais aberta e sem pudores e que, ao invés do mundo ocidental terem acolhido toda a evolução naturalista que haviam alcançado, aconteceu o contrário, o lado oriental é que foi engolido e tragado pelo consumismo sexual... e que o comunismo pode ter falhado, mas que trepavam melhor, trepavam... e seus risinhos compassados pincelados entre seus tons austeros e indignados...

Enquanto o pai falava e filosofava, ele escutava a tudo atento entre garfadas no carneiro com ervas, prato da ilha maiorquina que a senhora alemã aprendera a cozinhar na época que moravam em Maiorca, assuntos de culinária que contara na hora de lhe servir. Mesmo não gostando de comer frutas com comida e sem saber se aquele prato era realmente da ilha, deixou que lhe servisse a pera caramelizada com amêndoas, que a alemã incluíra na receita, para não estragar a estética do prato. A moça nua trajava um vestidinho florido e muito sensual. Aliás, estava extremamente sensual agora vestida. De vez em quando trocavam olhares, ela sorria e ele reservadamente retribuía, mas quando não estava olhando-a sentia aquela sensação leve de estar sendo observado. Levantava a cabeça e, sim, lá estava ela olhando-o de soslaio entretido com as histórias dos pais ou mastigando seus pensamentos e, ao vê-la, retribuía o sorriso.

À medida que o pai filosofava num monólogo sobre a nudez castigada, a moça ia deixando-o mais intrigado e curioso. "Como é que pode, há pouco ela me amparava nua e me fazia sentir bem relaxado diante dela", pensava. "Agora que está vestida eu me sinto incomodado ou distraído com o seu olhar e a sua beleza". Era como se fossem duas pessoas diferentes, a nua e a vestida. Observando ambos os lados, ao ficar diante da vestida, sentia-se realmente mais incomodado com esta. A nua se apresentara como alguém muito próxima e íntima, amiga e familiar. A vestida escondia muitas intenções debaixo da roupa e que nada tinha a ver com a nudez, mas muitas outras coisas ocultas. Começou a entender melhor o prazer que sentia em casa, quando ficava nu, escutando música ou simplesmente andando sem roupa pelo apartamento antes de tomar uma ducha. O lado confortante da nudez.

Era exatamente a epifania que acabara de invadir a sua mente. Precisava poder estar nu em seu habitat para depois tentar descobrir os acontecimentos a sua volta. Depois do jantar se despediram com a promessa de que ele voltaria quando tudo estivesse esclarecido.

De onde provinham as lembranças ou mesmo a origem das interrogações que levava consigo no instante seguinte em que retornou ladeira da memória acima, pousando na Gran Via e dando de cara com toda a cidade turística, iluminada de gente a lhe acolher depois do que até então lhe havia acontecido desde o domingo de manhã? Ainda não entendia e chegou a querer não entender mais. Depois de tudo o que passara e pensara até aterrissar ali nas luzes noturnas da cidade e, em seguida, submerso nas caladas e escuras ruas trafegando a pé é que lhe veio o fato de que até então não lhe era claro sobre si mesmo e não havia como fugir disso: a visão da moça nua com toda a naturalidade, a qual jamais imaginaria ter visto vestida sequer, mas nunca assim tão clara e nua, enquanto ele ainda se sentia nu diante da condição de não se lembrar de quem realmente era apesar de estar vestido. Precisava encontrar sua casa e dormir. Queria dormir. Muito. Muito mesmo. Hibernar nem que fosse por alguns dias, quando, finalmente, pudesse acordar, o cheiro do café num ambiente totalmente familiar onde até os pratos sujos que havia deixado na pia ainda eram os mesmos do dia anterior e que com certeza os lavaria no dia seguinte porque fazia parte da sua personalidade não aturar desordem ou bagunça, mesmo que os deixassem sujos na noite anterior por algum motivo maior. Só assim, depois do café e da sorrateira olhada pela janela da sala, vendo as pessoas e o mundo a correr lá fora, que realmente poderia tentar entender pelo menos o suficiente sobre o que de fato havia ocorrido. Ou quem realmente era.

Assim caminhava noite adentro no longo trajeto que o levaria a sua casa pela Gran Via. Chegou à Plaza de Catalunya onde o movimento de pessoas era bem maior e, à medida que andava, parecia que as pessoas saíam do nada, do vazio, para reconquistar a cidade à noite. Barcelona é uma cidade que sabe viver a noite, sem pudor, sem frescura, mas com classe, seja ela qual fosse. Pensou nisso e pensou também na falta de pudor, frescor e esmero da moça nua. Ao chegar à Plaza Tetuan, o movimento de pessoas e carros era menor e assim desceu em direção ao Arco do Triunfo, cruzou a boulevard distraidamente e quase foi atropelado por uma moto que virou a esquina em alta velocidade e, finalmente, adentrou a Aussias Marc, onde morava. Ali o silêncio era bem maior, ainda mais depois do susto da motocicleta. Tocou a campainha do vizinho e pediu para que abrisse a porta do prédio e que chamasse o zelador para lhe trazer a cópia da chave do apartamento. Entrou. Não quis acender a luz. Atravessou o apartamento escuro e foi direto para a cama. Tirou toda a roupa, ficou nu, jogou tudo no chão e se deitou. Não queria mais nada daquele dia, queria apenas a manhã do dia seguinte.

Acordou com a música do despertador. Olhou para o relógio e eram 9h30 da manhã. Bateu no relógio apenas uma vez antes de virar de lado e continuar dormindo, mas ao sentir que estava na sua cama, abriu um olho, rastreou o teto, a cor da parede, a fresta de luz na sua janela e se espreguiçou. Levantou-se, foi até a cozinha, fez um café, dirigiu-se à janela da sala e passou a observar o movimento lá embaixo. Estava tudo parado e não havia movimento algum, inclusive a banca de verduras e frutas que ficava do outro lado da rua estava fechada. Desceu até a portaria e pegou o jornal ainda sonolento e desconfiado. Quando entrou no elevador e passou o olhar de soslaio na manchete do jornal, ficou petrificado ao saber que ainda era domingo. Como assim? Ao entrar no apartamento o telefone tocou. Era a sua mulher lhe pedindo que fosse encontrá-la na casa da amiga e que havia pensado sobre o que ele havia decidido, e que ela queria lhe encontrar para lhe dizer algo. Desligou o telefone e sorriu. Um sorriso amarelo. Havia sonhado tudo aquilo, graças a algum bom Deus. Tomou um banho, voltou ao quarto, pegou a mesma roupa que estava jogada no chão, vestiu-se, desceu pelas escadas, disse um alegre bom-dia ao porteiro que acabara de chegar, saiu do prédio e, antes de atravessar a rua para chamar um táxi, pegou um cigarro, colocou a mão no bolso do paletó e pegou o isqueiro. Ao trazê-lo próximo ao rosto para acender o cigarro, notou que era o mesmo isqueiro prateado que ganhara do bandido da jaqueta de couro preta.

Às Margens
do Mississipi

Saí para caminhar pela cidade. O sol da manhã se aproximando do meio-dia convidava para um passeio longo e duradouro, sem pressa alguma. A cidade estava floridamente linda e cheia de pessoas bonitas, elegantes e alegres em cada esquina, cafés, calçadas, lojas, bares e restaurantes, com músicos a cada meio metro colorindo cada canto com seus cantos dixilindamente variados. Tudo soava carnaval e imaginei que em Salvador, na Bahia, seria assim com seus brancos sorrisos negros nos chamando para celebrar a vida sem pudor algum de ser feliz, mesmo cientes de que o divertimento de muitos significava o ganha-pão de poucos, mas que isso não importava porque o trabalho era divertido e sempre cheio de surpresas e novidades.

À parte toda a minha brasilianidade, observava a tudo atento como um verdadeiro turista europeu das antigas, curioso com a recente história arquitetônica do mundo americano novo, ainda que surpreso com aquela realidade sulista totalmente diferente da minha experiência na parte norte-americana do país. Comparei com o Brasil e imaginei-o de cabeça para baixo.

No sul do Brasil a maioria da população era de descendência europeia como no norte dos Estados Unidos, ao passo que o sul norte-americano possuía a população mais negra como a do nordeste brasileiro. Era óbvio que ambos os países possuíam sua maior população negra concentrada mais próxima da linha do Equador, onde o maior comércio negreiro tinha atingido o seu auge como centro de distribuição para o resto do mundo ocidental. Leituras de livros voaram na minha frente e fiquei com o *Atlântico Negro*, do Gilroy e com a *Ideia da África*, de Mudimbe e o Haiti, berço de tudo aquilo que antes imigrava em direção ao norte, hoje tem como opção se exilar no sul. Uma diáspora do Stuart Hall e mesmo o francês Montaigne, lá atrás em torno de 1.500 quando soube sobre os canibais da América do Sul, questionou que talvez fosse o verdadeiro berço de uma civilização avançada e intacta de que tanto Platão falava e que, quinhentos anos depois de nascimento, Caymmi, Vinícius e Baden decupariam afrosambalindamente. E por que sul é sul e norte é norte? E se a Terra estivesse realmente de cabeça para baixo? O que sabemos realmente sobre referenciais se o sol se queima por completo e uniformemente como uma bola de fogo? Precisaríamos sair da Via Láctea para nos vermos de que lado precisamente estamos e, mesmo assim, estaríamos olhando para o sol e seus planetas, como o europeu olhava para o mar, achando que o mundo era achatado e que cairia num precipício, antes que os portugueses se aventurassem como suicidas com suas caravelas, pois viviam de frente para ele e não havia outra precisão na vida senão navegar e... lá estava o Mississipi. O rio Mississipi.

Conhecia-o bem do norte. Não na sua nascente, mas cheguei a nadar muito nele no verão nórdico-norte-americano e vê-lo se moldar nas quatro estações, como somente os habitantes das tundras o conhecem como se brotasse de uma fonte mítica sem metafísica das páginas de Garrison Keillor de um Lake Wobegon, onde as mulheres são fortes, os homens lindos e seus filhos acima da média escolar, como descrevia o próprio autor em sua rádio semanal direto de Minnesota. Ali no sul, era como se eu estivesse entrando nas páginas da minha memória de infância tupiniquim quando ganhei o meu primeiro livro das aventuras de Tom Sawyer e Huckleberry Finn. Era muito emocionante olhar para aquele rio e ver uma gaiola do Mississipi atravessar de verdade diante dos meus olhos. Imaginei os personagens do Melville terminando suas jornadas depois de uma longa trama que haviam começado em Saint Louis, prontos para desembarcarem ali em Nova Orleans. Estavam em abril e a gaiola, chamada Fidèle, havia saído de Saint Louis exatamente no dia primeiro do mês, contava Melville, cheia de surpresas a bordo que até hoje nem acadêmico algum entendeu direito se os passageiros eram quem eram naquela viagem na qual um coringa que pulava de um lado a outro os enganavam como talvez a si mesmo, como reproduziria Boal mais tarde em seu teatro do oprimido.

Sentindo a brisa e o cheiro do rio de cidade, com os ombros apoiados na cerca diante dele, estava em uma parte de um parque enorme sem uma vivalma próxima a mim, onde me mantinha a uma certa distância do fuzuê da cidade no seu clima de Mardi Gras. O soprar do vento nos meus ouvidos abafava o som de cidade em festa como uma música de fundo vindo em ondas, ora pequenas, ora longas, em consonância com o instrumento de sopro da brisa no eu. Fechando os olhos, facilmente poderia confundir a festa de blocos dali com as ruas de Ipanema ou os frevos de Recife. O canto de revolta pelos mares viajou longe. Virei para olhar o parque e a cidade entre o rio e a rua entre o mar e o lago ao longe. Algumas pessoas nos bancos da praça embaixo de salgueiros e chorões frondosos, talvez mangueiras sem mangas rosas e algumas crianças e idosos jogando pipocas aos pombos, a rua e o bonde passando ao fundo entre ônibus turísticos e restaurantes lotados. Quando voltei para um lado, dei de cara com senhor negro e mal vestido a menos de dez passos vindo em minha direção decidido. Fingindo-me distraído com a sua aproximação em passos largos, esbocei os meus em direção à multidão, mas ele já vinha cheio de por-favores e pedindo que o esperasse. Contendo um preconceito que era mais medo do que jamais aceitaria, esperei para ver o que queria, pois insistia que não era para tomar meu tempo e que simplesmente precisava me dizer algo. Parou diante de mim e com enorme simpatia abriu o argumentoso sorriso – dizendo, bom-dia!

– Bom-dia, respondi.

– Tenho uma coisa muito importante para falar para o senhor.

– Pode falar...

– É uma coisa que vai fazer o senhor se sentir como nunca o senhor se sentiu na vida.

– Sério? Não estou interessado... tentei desconversar, mas de repente ele meteu a mão no bolso, achei que iria puxar uma arma, mas tirou um pedaço de flanela.

– Para não deixar que o senhor perca o seu tempo enquanto tento convencê-lo sobre o que tenho a lhe dizer, vou lustrar os sapatos do senhor. Disse e já foi lustrando e cuspindo nos meus pés e continuou falando enquanto trabalhava a sua rima.

– O senhor está na cidade mais linda do mundo e o senhor já deve saber disso porque esta cidade mágica o trouxe aqui para ela, o senhor entende o que estou dizendo? A magia desta cidade está em cada canto, em cada prédio e a história dela está carregada disso, o senhor me entende? Nada pode desfazer o que foi feito, fica feito, seja isso ou aquilo, o dito pelo não dito, o perfeito ou o imperfeito, mas vale os olhos das pessoas que nos olham assim e compreendem o que é realidade, veracidade, de verdade, veja a vida na cidade, brotando em festas, dançando como tribos de outras épocas todas juntas num lugar comum. E que brotam como árvores, pai e mãe, compadres, comadres, parentes, alguns vivos, outros ausentes, gente rica, gente pobre, nobres e carentes, é assim a vida, estrutura, literatura, dentes lindos e brancos como o seu e o meu ou mesmo com dentadura, menos magro, mais gordo, mais magro, menos gordo, independente da água linda e do lodo, não importa, só existe um caminho, uma porta, e ela leva ao eterno, se for homem, vai de terno, e mulher, no mesmo cedro, ninguém pro inferno, porque todos somos filhos de Deus, seja Zeus, Ptolomeu e até Prometeu, tu vais pro mesmo lugar em que vou eu. E vou lhe dizer mais, minha avó me ensinou que posso ler o pensamento de qualquer pessoa e posso ler o do senhor. Acredita em mim?

– Não....

– Vou ler e não vai lhe custar nada.

– Não quero saber...

– Vou ler e não vai lhe custar nada.

– Não me interessa...

– Eu preciso lhe dizer.

– Não...

– Eu preciso lhe dizer.

– Me deixa em paz...

– O senhor tem de me ouvir...

– ...

– Vou dizer sim para o senhor – começou a gritar comigo. – Sim, o senhor vai me ouvir! Sua vida vai mudar hoje e vai ser agora. Está pronto? – Falou em tom apocalíptico e se levantou me encarando olho a olho. Pausou e me encarou de cima para baixo, me cercou, me rodeou e repousou seu sério olhar e boca

Téo Lorent

ofegante a menos de um centímetro do meu estupefato e também ofegante rosto como se respirássemos o mesmo ar.

– Pode falar, então, manda – aceitei convicto.

– O senhor está pensando... "sou o homem com o par de sapatos mais brilhante da cidade e estou pronto para conquistá-la". – Soltou uma gargalhada, me estendeu a mão e concluiu – o pensamento do senhor é de graça e é livre, então não posso lhe cobrar nada, mas os sapatos do senhor eu os deixo por dez dólares... Adivinhei?

Aliviado, sorri e paguei-o com uma nota de vinte e disse-lhe que poderia ficar com o troco. Ele pegou o dinheiro, amassou entre os dedos, colocou no bolso da calça, voltou a me olhar sério e disse:

– O mundo está virando de cabeça pra baixo, my brother! A minoria vira maioria e a maioria, minoria. Lembre-se disso, minoria é maioria e maioria é minoria. Aproveite a vida enquanto seus sapatos brilham como diamantes!

Arreganhou o belo sorriso branco novamente e, como um mestre-sala que se ajoelha e corteja a porta-bandeira, entoou "Diamonds on the sole of her shoes" imitando o Ladysmith Black Mambazo e pedindo para que o acompanhasse no duo como se fosse eu um Paul Simon. Enquanto me afastava da figura, esboçando o caminhar de um malandro e acenando um adeus de costas, ele gargalhava e continuava gritando a canção, insistindo que eu era o dono dos sapatos mais bem lustrados da cidade. Recebi aquela energia dentro mim, abri o melhor sorriso que tinha guardado e que não o via há anos, afinei melhor meus passos com o ritmo da cidade e me entreguei à multidão, pronto para uma boa farra com meu par de sapatos mágicos lustradamente cuspidos antes do derradeiro choro de lágrimas de mãe Katrina.

O
Violoncelo

Durante o Concerto

Por que deu branco? Por que não consigo extrair apenas dois acordes tão repetidos e tão bem ensaiados? Coisa simples é a visão da mente contemporânea, ainda binária e, entre um e dois, o dois ainda depende do um tanto do um quanto do dois e o pior é que os dois ainda não sabem, ou sequer sabiam, da possibilidade da tangência. E segue, seguimos e sigo eu, sem conseguir colocar juntas essas duas notas. Perda de memória, se me deu um branco. Como o "agadê" do computador que tive que levar ao técnico, desesperado numa madrugada na esperança de que ele, doutor eletrônico, ou um São Vito da informática, pudesse restituir todo o trabalho que havia armazenado há anos, sem backup. Respondi já desenganado a ele, sabendo que todas às vezes que backupeava algo, em anos de computadores, nunca conseguia abrir, anos depois, o que ali havia guardado. Se assim foi que desenvolveram a tecnologia, por que então remar contra a maré? E, claro, depois de anos de computadores, para que

Téo Lorent

usar a própria memória se a virtual já fazia essa função de forma bem mais precisa que os erros humanos. Aliás, que conveniência maravilhosa é a memória virtual, a minha, sempre limpa, zerada para pensar todas as besteiras do mundo, enquanto que a real era mantida pela virtual. Que ironia do destino, a memória do romântico sendo preservada pela memória do realista! Tantas eram as coisas que corriam pela minha cabeça, neste momento do branco inusitado, embarcado numa viagem sem retorno e que me corroeu no verão.

O concerto segue, estamos ainda na primavera das "Quatro Estações de Vivaldi", longe do outono onde meu problema de memória impera. A primavera está fluindo lindamente, do tipo daquela que por ti irmão não te alcança. Mas, abre as janelas do meu peito, pelo amor de Deus, a lição sabemos de cor, só me resta saber como chegar até o outono. Fazer meu outubro nessa peça de Vivaldi, diante deste público novo, diante dessa minha tentativa de carreira, nova, de músico, de repetição, mimética. Minha cabeça continua a mil sem ter razão, é o meu violoncelo em meio a outros violoncelos, baixos de violinos que gritam mais alto e o virtuoso em evidência, mais próximo da escala imposta pelo maestro. Finalmente, surgiu a pessoa pra me acalmar no meio dessa turbulência momentânea onde: nunca fui nada, mas trago em mim todas as notas do mundo... Que confortante! Obrigado, pessoa, gente.

Mas o binário volta a me atormentar com as notas que não me entram na memória vazia e que, sem elas, meras duas notas em meio a tantas que completam o concerto, volto a ser nada, falhei na vida da obra da arte. Vivaldi que me perdoe, mas calar o meu violoncelo num momento desses seria o mesmo que não ter tocado a música. Uma lacuna impossível de ser preenchida, como um pênalti perdido e dividido entre a tristeza do batedor e a alegria do goleiro em final de Copa do Mundo. Tudo é possível, cinco minutos de glória para um João Ninguém e cinco segundos de hesitação que colocaria anos a perder. Oh, compensação binária! Alegria portuguesa, descontentamento brasileiro na romaria em meio a ingleses e espanhóis na Pachamama e negros cruzando o Atlântico. O mundo é um jogo de parcerias e continuidades e é atrás dessas continuidades que tento chegar até as duas notas que procuro e que não me apareceram ainda. Será porque ainda estou na primavera e essa ansiedade outonal é algo que deveria deixar lá para frente, para depois de terminar aquilo em que me empenho? Acho que sim. Começo a sentir que posso estar deixando passar por mim uma primavera sem brilho, se duvidar dela. Devo recuperar as notas que sei e que estão sumindo junto com o tempo atemporal da música. Depois vejamos o que o outono trará.

Não se sintam perdidos, com essas palavras. Quem deveria estar perdido nelas sou eu, mas juntos com certeza entenderemos as notas e as palavras. Estou exatamente no meio do palco, numa orquestra, tocando "As Quatro Estações" de Vivaldi. Ou melhor, estava nesse branco acima que acabam de ler, no meio da primavera, quando, em meio a tantos rostos na plateia, um se fez presente, coisa que nunca me acontece e nem presto atenção, a não ser na hora de entrar e me apresentar com a orquestra e ver os amigos e gente conhecida, sentados onde deveriam estar porque prometeram estar ali antes da apresentação. De resto, em meio ao trabalho, não vejo nada, a não ser a batuta do maestro, partitura ou, ocasionalmente, um rabo de olho para o companheiro ao lado e, mesmo assim, é mais ouvido nos instrumentos do que uma olhada propriamente dita.

Era o rosto de uma pessoa que me pegou de cheio. Lá estava ela ali sentada na terceira fileira da direita, na terceira poltrona do corredor central, a minha direita como prometera que viria depois. Estava exatamente na minha frente do meu ponto de vista do palco. Eu seguia no início da peça tocando bem, com todo o empenho de sempre e o grande carinho que sentia por aquela belíssima e agradável obra de Vivaldi, quando tive aquela sensação de estar sendo observado. Sensação inusitada que muitas vezes nos incomoda, principalmente quando estamos sozinhos em casa assustados com algo e sentimos aquele frio na espinha como se alguém estivesse a nos observar. Ou mesmo quando não nos incomoda, mas sabemos que estamos sendo observados por trás. Instinto selvagem de presa ameaçada que não nos abandona.

Porém, ali no palco, claro que estava sendo observado. Uma plateia inteira, incluindo os rabos de olho atentos do maestro. Não teria por que sentir isso. Mas, quando meus olhos se voltaram a essa pessoa, notei que ela me olhava mais atenta que o normal e me senti incomodado, e depois feliz. Lá estava ela, como talvez a si prometera. Vi lágrimas descerem lentamente dos seus olhos apesar do sorriso contínuo e inabalável. Ao encontrar seus olhos, era como se conseguisse ver a sua alma. Entrei nela e senti que ela também havia entrado em mim, exigindo todas as notas daquela obra. Ela precisava de todas as minhas notas e eu não tinha como não as dar para ela.

Lembro-me bem dos motivos que me levaram a escolher a música. Sabia que seria uma carreira árdua e difícil, com muito poucas chances de atingir o meu objetivo. Lutei tanto contra tudo e contra todos para seguir com a música, que era a única coisa que realmente me fazia sentir quem eu era. A mensagem que eu tinha para passar ao mundo era através dela e do meu instrumento, motivo pelo qual acredito ter sucedido com o meu trabalho. Estava onde queria estar e com muitos ouvidos, às vezes atentos e às vezes não, fazendo de mim o próprio instrumento de transcendência entre um ponto e outro de suas vidas. Pelo menos era o que sempre havia acreditado até o momento em que consegui entrar nos olhos daquela mulher, que me transportava a um amor perdido, não tão longe atrás e que havia morrido antes que eu pudesse dizer adeus, e que agora via refletido nos olhos dessa senhora. Uma dona, madona, e eu, mesmo dono de um mero instrumento da música, um mero mortal, ecoando notas imortais, foquei em seus belos olhos, como se fosse arrastado para dentro de dois planetas azuis cristais. Cada nota minha ia de encontro a ela. E percebi que cada variação da orquestra fazia com que o seu corpo todo vibrasse e eu conseguia senti-la nesse momento sublime. Havia uma excitação enorme como se ela tocasse o meu corpo por toda parte e enquanto me tocava eu retribuía com as notas que soavam do peito do meu violoncelo, que deixara de ser à parte para ser parte de mim. Eu era um todo tocado tocando e se tocando com ela através da música soando. Era como se estivéssemos ali sozinhos e de repente sendo transportado com a música para onde a música queria nos levar. E assim, olhos nos olhos, nos abraçávamos, nos acariciávamos, sorríamos, chorávamos, corríamos livres sem pudor algum, por campos abertos onde não havia nem tempo nem espaço. Não tínhamos idade também. Era um vale lindo, totalmente florido, com um lago não grande, mas cristalino, e com uma casa de madeira que dava para um píer onde pulávamos nus na água, mergulhando entre algas aquarianas. Deitados entre as relvas esverdeadas e floridas com os olhos voltados ao céu, escutávamos a música vir lá de cima por entre as nuvens, o frescor da brisa de violinos roçava nossos corpos livres e balançava as folhas das árvores e podíamos nos sentir sendo levados por ela ritmicamente

Téo Lorent

de mãos dadas, esboçando o sorriso de uma simples alegria interna que se unia com o que toda a natureza da terra nos proporcionava. De repente, o calor. Um ardor insuportável. Minhas mãos suavam quando senti o fim da primavera chegando e o momento de entrar com as notas do violoncelo no próximo movimento do concerto. Com a tempestade de verão se aproximando, temi que não me lembraria das notas que me faltavam para o outono. Ela notou meus olhos de preocupação e sabia o porquê. Não havia como dizer entre pensamentos, contatos e sons. E a tempestade desabou. Ela me olhava intensamente, franzindo a testa e eu, sem tirar os olhos dela, corria com o arco de um lado para o outro nas cordas do violoncelo. E a tempestade se intensificava. Tentava esconder o que temia a frente enquanto nos encharcávamos debaixo da chuva intensa do verão. Foi assim, intensamente, que passamos o verão, entre lágrimas pesadas desabando do céu e corpos lacrimejados se abraçando entre soluços e se apertando como se unidos assim jamais se desvincariam de uma possível perda entre um e outro e se juntos jamais haveria tempestade alguma, ou morte, que pudesse separá-los.

Inevitavelmente, o outono chegou. Tinha pouco tempo agora para encontrar essas duas notas perdidas. Encontrávamos na varanda da casa, olhando o lago e as flores mudar de cor para uma tonalidade mais sombria. Como as folhas, nossos corpos parados balançavam com o vento que nos embalava ali, sentados nos degraus da varanda vendo o mundo se refazendo. Fazíamos parte de tudo o que nos rodeava e não havia por que querer outra coisa. Não que quiséssemos outra coisa, simplesmente descobrimos que éramos aquilo que éramos e não havia nada de mal nisso e nada além disso. Olhamo-nos com muito mais força, com muito mais humanidade. Havia chegado o momento das notas que faltavam e, sem que eu fizesse esforço algum, ali dentro dela e ela de mim, segurou minha mão e, juntos, atravessamos as notas que faltavam para completar aquele instante do concerto. Quando elas se foram, ela também havia partido. Seus olhos se fecharam para sempre ali mesmo na plateia diante de tanta gente e de frente para a orquestra.

Passei o inverno sozinho a observá-la, sentada na terceira fileira, com um leve sorriso sublime no rosto e as lágrimas se congelando no tempo. "As Quatro Estações" de Vivaldi haviam terminado. Depois da chuva de aplausos, todos se levantaram e saíram. A orquestra também. Fiquei um tempo sentado no palco vazio olhando-a ali sentada na plateia totalmente vazia. Um silêncio ensurdecedor. Ela já não me via mais, mas eu sabia para onde ela havia ido. Ao sair do palco, naquela noite de verão, sei que as estações para mim também se foram e que ao amanhecer do dia irei encontrar definitivamente as notas que me faltam sem deixar para trás nenhuma nota sem ser tocada, pois há sempre alguém prestando atenção na música quanto mais precisa em seu derradeiro momento e caminhei até o Empire States Building onde, como em filme romântico com Cary Grant e Deborah Kerr, ou mesmo Tom Hanks e Meg Ryan, pedira uma bela moça em casamento algumas primaveras atrás e que jamais veria um outono com final feliz.

Antes do Concerto

Daniel atravessou o parque a passos largos, encontrou um banco solitário debaixo de uma sombra sem ninguém por perto,

Téo Lorent

sentou-se, colocou o instrumento ao lado, abaixou a cabeça, escondeu o rosto com as mãos e chorou.

Não queria ser visto assim ali tão só, mas o pranto foi mais forte que não dava mais para conter e acabou desistindo de tentar insistir no silêncio e deixou que o choro saísse em voz alta, abafando cada vez mais sua cabeça entre os joelhos. E quando lhe faltou lágrimas para derramar sobrando apenas soluços compassados, sentiu um leve toque de uma mão pousando suavemente em seu ombro esquerdo. Ergueu lentamente a cabeça, vendo surgir a sua frente um obelisco fincado no centro da pequena praça apontada para um céu azul claro sem sinal algum de nuvens. Ainda controlando seus soluços, desceu o olhar acompanhando o contorno reto do obelisco, girou o pescoço ao lado esquerdo e se viu olhos nos olhos com a figura que tocava em seu ombro carinhosamente. Sentada ao seu lado, sentiu seu leve aconchego, seus olhos azuis de cristal, seu sorriso complacente, com o rosto inclinado, fitando-lhe de forma um tanto acanhada, mas segura de si, apertando-lhe o ombro com mais firmeza e lhe proferindo: "Tudo bem, meu rapaz? Chore tudo, chore... somente uma pessoa que se entrega ao choro é capaz de ser feliz".

Esfregou as lágrimas dos olhos rapidamente, reencontrou sua compostura, estreitando o torso e, quase se desculpando a si mesmo, voltou o olhar à figura de cima a baixo.

– Estou bem – disse, querendo se afastar, apoiando a mão na caixa do violoncelo ao lado do banco buscando a alça e assim prosseguir.

– Você está bem mesmo? Não precisa sair. Fique aí mais um pouco. Deixe esta luz agradável do sol entrar em você. O choro é a porta para a felicidade, meu jovem.

Daniel esfregou as mãos nos joelhos.

– Perdão. Se estou te incomodando me levanto agora e deixo você sozinho com seus pensamentos. Não quero incomodar – disse a dona dos olhos azuis de cristal se levantando do banco.

– Por favor, não. Sente-se. Sou eu que lhe agradeço a atenção. Obrigado pelo carinho.

– Não há de quê! Não fiz nada. Aliás, foi você quem fez...

– Fiz o quê, não entendo.

– Você me chamou.

– Como assim lhe chamei? Eu não a conheço.

– Você pronunciou o meu nome enquanto eu estava passando.

– Mas eu não sei o seu nome. Como poderia?

– Mas chamou. Por isso que eu virei o rosto e vi você aqui sentado quando você pronunciou o meu nome.

Pego de surpresa e sem saber como agir, reagir, levantar, sair sem olhar para trás e sequer saber que nome era esse da mulher que o amparara assim que pronunciara um nome que nem sequer lembrava, repousou um cotovelo no ombro do banco, cruzou as pernas e fechou o olhar baixo no violoncelo.

– Sophia – disse ela.

– Sophia – ele afirmou.

Permaneceram assim sentados e calados por um bom tempo.

Voltou o olhar para ela e a encontrou com um leve sorriso estampado no rosto e o olhar fixo no obelisco diante deles.

– Este obelisco se chama "A agulha de Cleópatra", você sabia? E, minha nossa, como viajou longe até chegar aqui!

– Como assim? – Disse ele olhando curioso para o monumento.

– Você não faz ideia, ou até faz, como a gente sente falta de tantas coisas que se foram e que gostaríamos que tivessem presentes. Como a história deste monumento que se ergue diante de nós e que foi trazido para cá de um Egito antigo – disse isso, apertou a mão de Daniel, encarando-o com seus olhos de cristal e sorrindo.

Ainda a medindo de cima a baixo, não aguentou e retribuiu o sorriso. E sorriram juntos na tarde ensolarada.

– Tudo bem, Sophia. Já que já sei o seu nome. Agora me diz, o que a traz até o Central Park com estas roupas do século XIX, ou sei lá eu, vestida como a Estátua da Liberdade? Acabou de sair com o figurino de um comercial de TV ou de uma peça teatral sem se trocar? Aliás, em Nova York, tudo é possível no verão.

– É que hoje é meu aniversário. Há anos que faço isso. Visto este mesmo vestido e venho caminhar no parque.

– Puxa! Feliz aniversário...

– ...depois saio para dar um passeio de charrete pela cidade e visitar meus velhos amigos.

– Perdão, mas e seus filhos?

– Bem...

– Perdão, de novo, você teve filhos, netos, ou é sozinha?

– Essa é outra história.

– Não quis me intrometer de novo, perdão.

– Não tem problema. Mas então me conta, se eu não sou a atriz que fugiu do cenário com o figurino, não me vai dizer que fugiu de um concerto com o instrumento de alguém e se arrependeu?

– Não, muito pelo contrário, sou músico mesmo. Aliás, poderia tocar uma canção para você, já que é o seu aniversário... – falou Daniel pegando o estojo do instrumento.

– ... nem pensar.

– Por quê?

– Escuta... como é mesmo o seu nome, já que sabe o meu?

– Daniel.

O homem bumerangue

– Pois bem, Daniel. A música é seu instrumento de trabalho e, como hoje é o meu aniversário, não gostaria que alguém trabalhasse para me agradar...

– Não é incômodo algum, muito pelo contrário, será um prazer.

– Entendo. No entanto, responda-me uma coisa: o que você está fazendo aqui no parque com o seu instrumento, um violoncelo, imagino que o seja pelo tamanho do estojo e, digamos, pelo pouco conhecimento que tenho de música? Você toca em algum lugar?

– Vou tocar à noite no Concerto de Verão com a sinfônica. Acabei de sair do ensaio final...

– Está vendo como tenho razão, Daniel. Você estava trabalhando e ainda vai trabalhar à noite. No entanto, se você não tiver nenhum compromisso agora, antes do seu concerto, poderia vir comigo passear de carruagem e conhecer meus amigos? É claro, se isso lhe agradar.

– Interessante. Por que não? – animou-se Daniel sem hesitar.

Saem do parque, atravessam a rua e param na porta do The Pierre.

– Venha comigo, Daniel – disse, dando-lhe a mão para que a acompanhasse até a recepção do hotel.

"Pois não, madame?" Pergunta em francês um atencioso recepcionista.

Respondendo em francês e com grande familiaridade do local, ela pediu que viessem um cocheiro e a carruagem. O próprio recepcionista sai de trás do balcão e com grande cortesia a encaminha junto com o seu convidado até as poltronas diante do bar. Pergunta se não querem beber algo enquanto aguardam, e uma taça de espumante foi o que brindaram.

– Nossa, Sophia, você está hospedada aqui ou... mora aqui?

– Digamos que são apenas meus amigos de longa data e que me tratam com enorme generosidade.

Sem muita demora, logo veio o porteiro avisar que uma carruagem os aguardava. Daniel lhe confessa que nunca havia passeado de carruagem em Nova York e desde pequeno gostava de ver os cartões-postais da cidade na época de Natal com os flocos de neve caindo entre as luzes coloridas da cidade e uma charrete ao fundo levando casais para passear com suas pernas cobertas com um aconchegante cobertor xadrez. Claro que já cavalgara, responde à Sophia, que lhe conta sobre sua afinidade com os cavalos. Desde pequena que os conhecia bem, pois seu pai tinha um haras, negociava cavalos e era apaixonado pelas corridas equinas. Declara que fora o motivo de sua vinda para Nova York. Daniel fica curioso com sua história e, durante o trajeto, ela lhe conta:

"Não nasci aqui. Vim para cá muito jovem. Nasci na França. Eu sei que não guardo sotaque algum de lá, porque minha vida sempre foi aqui desde que cheguei. Naquela época, papai, mamãe e eu fomos passar umas férias na Inglaterra, onde haveria uma grande corrida de bicas. E papai tinha cavalos que corriam naquela modalidade. Ele considerava uma corrida nobre em que o cavalo apenas puxava o cavaleiro e não o carregava nas costas. Foi então que conheci Hélio, o cavaleiro escolhido por papai para correr com seus cavalos. Era um colosso de homem. Foi um belo romance de verão que nunca encontrou suas outras estações. Na viagem de volta à França, nosso navio naufragou e eu sobrevivi. Quando descobri que ele se encontrava no estado de Rhode Island, atravessei o mar em busca dele; não o encontrei nessa ilha e aqui fiquei, olhando todas as manhãs pelas embarcações que chegavam, imaginando que o sol que brilha todas as manhãs aqui iluminava o meu amado

O homem bumerangue

Hélio em alguma outra parte desta nossa vasta terra. O colosso de Rhodes se foi para outro lugar e a minha desilusão se transformou em amor por essa bela e colossal cidade que chamo de minha própria ilha".

Enquanto falava, Daniel a observava com muita curiosidade sem interrompê-la. Ela transmitia uma graça em seu falar e na maneira como movia as mãos se expressando com o seu corpo e com tamanha leveza como se estivesse se movendo debaixo d'água. E aqueles olhos azuis de cristal. Nunca vira tão claro e tão profundo como se pudesse entrar em sua própria alma. Sentiu uma alegria lhe invadir por completo ao lado dela, como se a conhecesse a vida toda. Uma empatia com uma pessoa estranha como nunca sentira antes. Olhava a cidade ao redor aos trotes na Quinta Avenida e tudo parecia diferente, distinto, delicado.

– Lá está ele! – exclamou Sophia diante da Catedral de Saint Patrick.

Daniel olhou para a fachada da catedral e viu algumas pessoas passando e ninguém em especial, talvez um padre fosse o amigo dela, pensou.

– Lá está ele, vamos até lá! – disse, descendo da charrete e o puxando pelo braço na direção oposta atravessando a rua sem se importar com os carros.

Pararam diante da estátua de Atlas e ela o apresentou a Daniel.

– Este é o seu amigo?

– Sim, desde que o colocaram aí segurando o mundo. Atlas, este é o meu amigo Daniel, um músico proeminente que irá alegrar a cidade hoje à noite com seu instrumento e que teve a gentileza de passear comigo nesta tarde maravilhosa no dia do meu aniversário.

Daniel não se conteve e se pôs a rir balançando a cabeça enquanto ela conversava com a estátua. Seu riso foi se transformando

65

Téo Lorent

em ternura. Aproximou-se mais dela, abraçou-a carinhosamente, trouxe seu rosto junto ao seu peito e lhe acariciou os cabelos.

– Olá, Atlas. É um grande prazer conhecer um amigo da minha amiga – disse complacente não querendo contrariar a insensatez que notara em sua amiga.

Sophia ergueu o rosto colado em seu peito, fitou-o profundamente e o beijou. Sem lhe desgrudar os olhos, Daniel retribuiu, sentiu um enorme afeto lhe correr pelas veias e a abraçou mais forte junto ao seu corpo. Ficaram ali parados por algum tempo contemplando a estátua e, em seguida, retornaram lentamente à charrete de mãos dadas como se amantes fossem desde sempre.

– Vamos a pé mesmo nos encontrar com meu outro amigo, ele está logo ali na frente, disse segurando-o pelo braço e, assim, com a charrete os acompanhando lentamente, cruzaram a 50th Street onde ela se divide entre leste e oeste e prosseguiram na Quinta Avenida.

– Ó, meu Deus! – exclamou Sophia.

– O que houve?

– Chocolates! Eu amo chocolate... – disse isso colocando as mãos na vitrine da confeitaria.

Entrou como uma menina correndo até o balcão apontando com o dedo os tipos sortidos que queria. Mal segurou o pacote e já foi abrindo e comendo como quem os desejara há tempos. "Coma, menina, coma chocolates!", sorria Daniel com a volúpia com que ela os comia ali e se lambuzada sem o menor pudor. Saíram pela porta lateral e se sentaram no banco da pracinha diante do Rockefeller Center. Daniel cruzou as pernas e passou a observá-la.

– Não quer nem um pedacinho?

– Não obrigado, não gosto muito de doces – respondeu e sentiu uma nostalgia vendo-a ali se deliciando com um brilho infantil e feminino nos olhos. Olhou para o céu e deixou que "My favourite things", que tocava na confeitaria, saísse pela porta e alcançasse os ouvidos. Ao longe em sua mente ouvia um cantarolar acompanhando a canção em um tom agudo e suave como um assobio e, quando aterrissou de seu devaneio, olhou para Sophia e ela emendou a letra "these are a few of my favourite things". "E chocolates são algumas das minhas coisas favoritas, não do Daniel", parodiando Julie Andrews como a Noviça Rebelde, levantando-se e rodopiando na frente dele.

– Para onde você foi agora que o deixou com os olhos melancólicos, meu amigo? – disse isso segurando suas mãos, ajoelhando-se diante dele e colocando a cabeça em seu colo.

– De volta ao mesmo motivo pelo qual me encontrou chorando no parque.

– Quer falar sobre isso?

– Não sei...

– Eu sei.

– Sabe o quê?

– Que você não precisa expressar em palavras tudo o que habita dentro de você.

–Como assim, Sophia?

– Você tem o seu instrumento. Ele fala por você. Ele deve ser a sua voz. Aliás, você o escolheu como sua voz. Quando a música escolhe alguém como sua porta-voz, e essa pessoa recebe o chamado da música, ela se eleva a um grau na existência, transfere a sua experiência de vida à primeira pessoa da música e se torna mais um veículo de apoio que a música convoca para auxiliar a humanidade.

– Isso é muito profundo. Não sei se entendi...

– Não precisa entender, é simples. Você escolheu o violoncelo.

– Ou ele me escolheu...

Téo Lorent

– Pode ser. Para mim, em uma orquestra, o violoncelo é a voz do coração. Então deixe que o seu coração fale na voz do violoncelo. Ele, sendo a sua primeira pessoa, o libertará para que seja mais livre.

– Bonito, isso...

– E o mundo vai ganhar mais com a música. Como esta cidade. Ela precisará mais de música do que qualquer coisa que já fez por ela. O mundo precisa da música, tanto nos momentos de alegria, como nos de tristeza. É ela quem celebra a vida em todas as suas etapas – e fitando-o com seus olhos azuis de cristal, continuou:

– Você é um nobre instrumento dela. – Disse isso, repousou de novo sua cabeça no colo de Daniel, ele passou a acariciar seus cabelos grisalhos e ficaram assim ao som de mais algumas canções de jazz que fugiam despercebidas pela porta da confeitaria entre as pessoas que passavam e se esvaíam por entre os arranha-céus se misturando aos sons da cidade.

– Vamos conhecer seu outro amigo? E olha que gostei do Atlas. Sem ele segurando o mundo, o que seria de nós?

– Está vendo como nossos desafios são pequenos comparados aos meus amigos? Ou melhor, amigos de todos. Você já deve se sentir um privilegiado, mas venha conhecer Prometeu que, desde que paramos aqui, nos aguarda ansioso pela nossa visita.

– Já o vejo.

– Ele é irmão de Atlas, não sei se sabe. Fez uma coisa incrível, roubou o fogo de seu pai para ajudar a humanidade e foi condenado a passar o resto da eternidade preso a uma rocha com uma águia comendo o seu fígado todos os dias.

– Lembro-me da mitologia grega de ter roubado o fogo de Zeus, mas não sabia ou não me lembrava desse castigo cruel.

– Por isso que ele está aqui. Mas, está bem, está vendo. Todo dourado e nobre que muitas pessoas sequer sabem dessa

O homem bumerangue

história nefasta da águia e do fígado. Não o lembre disso que ele até já esqueceu também. Principalmente no inverno, quando montam uma pista de patinação na frente dele e, como pode vê-lo pela postura, todos acreditam que era um exímio patinador! Ei, patinador? É verão, ou você se esqueceu? – Disse isso aos risos.

Ela apresenta a estátua a Daniel e depois pede para que se afaste porque precisa conversar com ela em particular. Daniel caminha em direção à charrete que os aguarda, senta-se e fica com os olhos voltados ao estojo do violoncelo.

– Você sempre acompanha a dona Sophia? – Pergunta Daniel ao cocheiro.

– Sempre no dia do seu aniversário – responde o cocheiro sem se virar.

Daniel volta seu olhar à praça e, ao fundo, observa Sophia em postura de oração com as mãos coladas ao peito diante da estátua de Prometeu.

– Senhor Daniel, posso acrescentar algo? – Disse o cocheiro mantendo seu olhar nos cavalos.

– É um enorme prazer conduzi-lo em minha carruagem, e o senhor está sendo uma excelente companhia à Madame Sophia. Isso me deixa feliz.

– Obrigado. E, que mal lhe pergunte, qual é o seu nome?"

– Hélio.

– Hélio!

– Sshh! Isso é entre nós.

Sophia voltou saltitante, subiu na carruagem, deu-lhe um beijo e disse:

– Vamos logo cocheiro, senão perderemos o Manhattanhenge!

Nada mais parecia impressionar Daniel, mas ao chegar ao viaduto sobre a 42nd Street e olhar para o vão dos edifícios em

69

Téo Lorent

direção ao horizonte, lá estava ele. O sol enorme com um brilho vermelho tingindo toda a extensão da rua como um enorme balão de lava lentamente se pondo e se esvaindo na terra. Sem tirar os olhos do sol, em câmera lenta como em um filme de ação em que o mocinho saca uma arma para acertar o vilão, Daniel arrancou o violoncelo do estojo, trouxe-o para junto de si e deixou que o prelúdio da suíte número um de Bach jorrasse do peito do seu violoncelo em meio à multidão que assistia a tudo calada e maravilhada com aquele momento sublime, simples e singelo...

Terminou, respirou fundo e ouviu a voz tranquila de Sophia lhe entoar próximo ao seu ouvido:

– Vá que você está pronto para o concerto. A carruagem o levará. Vá rápido. Eu estarei lá. Vá!

Depois do Concerto

Saí do The Pierre, onde resolvi me hospedar antes do novo concerto, muitos anos depois, e que agora faria como solista no Central Park, desci a pé o mesmo trajeto que fiz de carruagem com Sophia me lembrando daquela tarde, subi no topo do Empire State e fiquei observando por um bom tempo o vão deixado pelas torres gêmeas indicando o fim de uma era. Outros prédios virão, mas ela tinha razão quando dissera "não só a cidade, mas todo mundo iria precisar de uma boa dose de música" naquele mesmo dia à tarde antes do concerto quando nos encontramos no banco do parque surgindo do nada e trajando um manto antigo e com uma coroa de flores na cabeça que me fez rir no início, confundindo-a com a Estátua da Liberdade. "És o luar ao mesmo tempo luz e mistério", lembrei-me de uma canção antiga.

E como ela dissera antes que esta cidade iria precisar de muita música, acrescento que a música que serviu de alicerces para tantas construções está empoeirada sobre os escombros como uma pedra filosofal que precisa ser resgatada com mais afinco. Como me lembro agora, não apenas das notas, mas das palavras da poesia do belo homem negro que vi de passagem em um aeroporto em uma cidade estrangeira, e que antes de pegar o voo, disse que não há nada a temer senão esquecer o medo.

À
Francesa

Acordei de um sonho estranho com os gritos irônicos de Alanis ecoando por todos os cômodos do apartamento. No banheiro, então, a acústica ampliava a voz afinada da cantora misturada com os berros desafinados de Corine que, de uma forma ou de outra, conseguira que o aparelho de som ficasse programado para repetir sempre a mesma música e há semanas que não escutava outra pela manhã que não fosse aquela. Já na cozinha, com o meu café e o jornal na mão, não pude me concentrar no que lia ainda com o corpo mole e a mente lenta, resultado óbvio e claro da bebedeira do dia anterior. Não era uma ressaca, assim por dizer, mas com aquele volume pela manhã com um duo de vozes agudas, nem que estivesse com a maior disposição do mundo, não estava dando mais para aguentar. Haviam-se passado semanas e o ritual de Corine ouvindo a mesma música da Alanis continuava sendo o mesmo!

Fazia um pouco mais de quatro anos que Corine e eu divíamos o apartamento. Ela era francesa e dividia os seus tempos entre o departamento de Estudos Ibero-Latino Americano, aulas de flamenco, capoeira e o namorado DJ, Papito Love. Aliás, o apartamento era mais francês do que ela, que carregava uma veia gitana como nunca vi igual. Era uma casa grande de tijolos à vista, de dois andares, situada em uma esquina. Morávamos no andar de cima. Um amplo apartamento, onde apenas a sala devia ter uns quarenta metros quadrados com uma janela para a rua lateral; o quarto de Corine ficava na parte da frente da casa com portas de deslizar feitas de madeira e vidro que, quando abertas, faziam do quarto praticamente uma extensão da sala. Do outro lado da sala, seguindo pela casa acompanhando a rua lateral, a sala de jantar continuava sobre o mesmo assoalho de madeiras largas, escuras e contínuas até chegar à porta que dava para a cozinha. Virando à direita, entre o fogão e a pia, chegava-se a um corredor com um banheiro logo à frente e dois quartos nas extremidades, o meu ficava à direita e o outro era utilizado como escritório, área de estudos e dormitório para qualquer convidado. Antes todos os quartos ficavam ocupados quando fora alugado para servir de república a um grupo de estudantes franceses. Esses primeiros moradores franceses organizaram uma festa de Halloween que se tornou memorável, e o pré-requisito para qualquer futuro morador da casa era que a tradição da melhor festa de Halloween fosse mantida e que o apartamento fosse mantido por franceses, mas sempre tendo uma mulher como responsável pelo imóvel.

O reinado matriarcal francês durou alguns anos, passando posteriormente para uma espanhola, uma iraniana e uma portuguesa que se casaram respectivamente com um colombiano, um holandês e um costarriquenho e, assim, as governantas foram se revezando por outras partes do mundo até voltar às mãos de uma francesa e um brasileiro, deixados para trás por respectivos parceiros. Uma combinação que levávamos harmoniosamente.

O homem bumerangue

Os móveis estavam ali desde o primeiro reinado. Pouca coisa, mas muito simbólica e alegre, um sofá grande na sala com uma estante de livros na maioria em francês, duas reproduções enormes de Matisse na sala, uma mesa de madeira rústica com dois bancos compridos na sala de jantar, sendo que os bancos ficavam debaixo da mesa encostada no canto da parede oposta à rua, tendo uma poltrona de leitura com uma mesinha e um abajur próximos à janela lateral com várias reproduções pequenas de fotos em preto e branco de uma Paris de Beauvoir, Camus, Sartre, e duas peças de madeira, de um metro de altura cada, possivelmente suvenires do México maia que, por possuírem orifícios, ou melhor, por serem ocas, eram sacrificadas como cinzeiros em dias de festas por convidados descuidados. No meu quarto, permaneceram três quadros de vidro com molduras de madeira em preto de Toulouse-Lautrec, a cama e uma escrivaninha escura com armários na parte superior, onde mantinha o computador e alguns livros.

A única coisa que Corine trazia consigo da França e que nunca abandonara, além de se vestir bem e de ter uma classe impecável, era o forte sotaque dos seus erres que não abdicava de forma alguma a sua língua inglesa, espanhola e portuguesa. Eram três dentro de uma e uma dentro das três. Ela se considerava uma verdadeira carioca quando falava em português e sempre se orgulhava quando se encontrava com brasileiros que a elogiavam pelo bom dialeto. E nisso eles tinham razão: ela falava muito bem o português. Porém, na língua inglesa o sotaque ficava realmente muito carrrrregado e por vezes difícil de entender, apesar de morar nos Estados Unidos há muitos anos.

Através do sotaque de Corine que percebi que não é arrogância alguma pensar que os franceses desprezam o inglês. Entre franceses e ingleses na Europa, sei que historicamente devem guardar suas diferenças, coisas de europeus e de suas guerras ultramarinas.

75

Mas no caso do falar, da pronúncia, do sotaque, reparei que os franceses, quando falam em inglês, apresentam as mesmas dificuldades que os árabes. Acho que a letra "erre", que impera nesses idiomas, serve como um grande divisor de águas entre um mundo e outro. O erre no mundo saxão sai da boca para fora, ao passo que o erre francês e do mundo árabe sai lá da garganta profunda. Cheguei a levar essa história do erre a sério, a ponto de fazer uma ligação bem mais aprofundada. Pensei até em tese linguística-sociológica entre a figura da malandragem carioca, de volta a Portugal, com a questão da invasão moura. Não queria dizer com isso que tantos mouros quanto cariocas uniram suas malandragens em Portugal, nem que sejam malandros no sentido pejorativo da palavra, mas que são exímios negociadores por excelência, algo que deveria ser considerado com mais atenção. E, carinhosamente, como de costume, lá vem ela, pequena, cruzando as salas, pisando nos holofotes do sol que entram pelas janelas laterais, com um sorriso estampado na cara levemente maquiada, e olhos enormes de jabuticaba, cabelos chanel e negros e a pele tão branca quanto a neve, com o som da Alanis ao fundo.

– Bom-dia! – exclama a bem-humorada.

– Bom-dia – respondo sendo contagiado pela alegria do seu beijo.

– Que carrinha de ressaca essa tua, hein?

– Corine, quando é que você vai mudar essa música? Sempre a mesma coisa repetindo que nem um disco furado, os vizinhos não reclamaram ainda? – Reclamei, solenemente e amaciado com o beijo.

– Só você que está reclamando agorra, meu lindinho... essa música é muito alegrre, é *up beat*, me dá... me dá uma alegrria, uma energia. Acordo tão animada parra fazerr as coisas e não consigo parrar... você nunca prestou atenção na letra?

– Como é que eu vou entender a letra dessa música com você berrando junto – respondi já humorado e rindo.

– Ah, malvadinho! Eu não canto tão mal assim, vai...

– Dança melhor...

– Que crueldade sua comigo logo pela manhã, toma mais café, toma...

– Tá bom, vai... não é a sua voz...

– Você está ficando bonzinho porque gosta muito do meu café, eu te conheço...

– Corine, meu amor, você cantando mais alto que a Alanis com esse sotaque seu de Édith Piaf... nem se eu quisesse iria compreender a letra.

– Então escuta, escuta, escuta agorra essa parte. – Disse isso se levantando, agachando-se na minha frente, apoiando as mãos nos meus joelhos e gesticulando muito para que eu prestasse bastante atenção na sua boca.

– Não entendi nada, Corine.

– Como não, vou repetir essa parte. – Saiu correndo para o seu quarto, voltou o CD até o trecho que acabara de cantar e tocou outra vez, olhando para mim de longe.

– Corine! Você para de cantar e deixe a Alanis cantar sozinha para ver se eu entendo o que a letra diz! – Gritei ao longe.

– Está bem... está bem... está bem...

Aceitou finalmente me deixando ouvir a voz de Alanis sozinha.

– Mas ela, também, canta muito rápido e eu continuo não entendendo. Você tem a letra da música?

– Tenho aqui na caixinha do CD parra você ver. Vou colocar de novo, esperra...

Ficou voltando o CD umas cinco vezes até acertar no ponto em que desse tempo para ela atravessar as salas e chegar até a cozinha no momento exato em que o trecho da letra estivesse tocando para que eu conseguisse ler junto. Achou o ponto, saiu correndo, chegou até mim com a letra na mão e, quando foi mostrar, a parte da letra já tinha passado.

– Merda! – Exclamou e saiu correndo de volta ao quarto para acertar de novo.

– Corine! Deixe a letra comigo e me mostre onde está a parte que a Alanis canta...

Voltou correndo na metade do caminho, "É clarro, é clarro...". Peguei a letra na parte que ela me mostrou. Foi correndo até o quarto e de lá gritou: "posso cantar junto agorra que você tem a letra?". "Pode", respondi rindo. E cantaram: "Well life has a funny way of sneaking up on you when you think everything's okay and everything's going right and life has a funny way of helping you out when you think everything's gone wrong and everything blows up in your face".

– Então, gostou? Não é legal? Up? – Perguntou animada.

– Muito interessante...

– Que muito interressante?! Você diz "interressante" parra tudo...

– Não é isso. É que achei legal mesmo. Faz sentido. Mas tem umas partes aqui...

– Não falei que essa música era cool... é parra pensar... depois você lê o resto e a gente discute mais, já estou atrasada... besitos, besitos, tchauzinho.

Saiu correndo e deixou as palavras da Alanis ali na mesa com o café e o jornal. Como não tinha tanta pressa, resolvi ler o resto da letra e tentar entender o que a Alanis dizia afinal, e que deixava a Corine tão acesa assim pela manhã repetindo aquela mesma canção sem se cansar. Ela tocava muito flamenco, que para mim soava tudo igual como o pagode, o tango ou a salsa trocando umas palavras aqui e outras ali, mas com certeza tudo tem as suas qualidades e diferenças. E depois de ler a letra inteira, percebi que deveria se chamar "A Lei de Murphy" e não "Ironic". O que alegrava o coração e o ânimo da minha viva companheira se resumia em uma tragédia após a outra. Que absurdo! Será que a Corine entendeu realmente o que quer dizer a letra ou era simplesmente levada pelo ritmo e a voz da música? "Será que quando a gente canta alguém presta atenção na letra?", pensei numa canção de Mauricio Pereira.

Um velhinho, que no dia do seu aniversário de 98 anos, descobre que ganhou na loteria e morre; o perdão que chega dois minutos atrasados para um presidiário executado pela pena de morte; ter dez mil colheres a disposição quando o que se precisa é simplesmente uma faca... Acho que a Corine não prestou atenção na letra, mas fiquei ali e continuei repetindo a música umas cinco vezes mais para entendê-la melhor. Depois de algum tempo, imaginei que talvez a Corine tivesse feito a mesma coisa que eu fiz: alguém deve ter mostrado a música com a letra a ela, com a mesma empolgação que ela teve comigo e acabou sendo fisgada a ponto de tocá-la todas as manhãs na tentativa de entender algo mais que a música pudesse indicar nas entrelinhas e no processo se sentia mentalmente estimulada para começar o dia. Mas uma passagem me chamou muito a atenção, foi quando ela descreve que o senhor todo certinho tinha medo de avião, mas arrumou as malas, beijou seus filhos e pela primeira vez encarou o voo que se espatifou no chão. Sentei na poltrona, olhei para a mesa de jantar e voltei alguns anos atrás, com isso em mente.

Estávamos todos reunidos naquela mesma mesa para um café da manhã de despedida do Carlos, um amigo colombiano que na época ocupava o meu quarto com Inês, que também era francesa. Ambos iriam se casar em Cali, na Colômbia, junto com a família dele. Inês já estava morando em Nova York, pois sua tese havia terminado um semestre antes que Carlos pudesse terminar a dele. Havíamos celebrado o final da sua tese na noite anterior e seguimos com a sua despedida de solteiro madrugada adentro, terminando alguns de nós ali mesmo, amontoados entre sofá e chão para ajudá-lo no dia seguinte com o café da manhã e a viagem até o aeroporto. Eu iria ocupar o quarto de Carlos, enquanto Corine já morava lá. Carlos se mostrava muito tenso durante os festejos, inclusive se policiando no consumo de bebidas e, na manhã seguinte, parecia mais tenso e nervoso ainda. Brincávamos com ele, durante o café dizendo que estava com medo do casamento e do comprometimento e ele se esquivou do assunto e respondeu que, na verdade, o que tinha era medo de avião. Achamos estranho que não tivera se acostumado a voar, casando-se com uma estrangeira proveniente do outro lado do Atlântico e, sendo colombiano deveria ter viajado muito para visitar a família. Finalmente entendemos o pavor que sentia quando nos confessou que desde que chegara ali, onde estávamos, não havia voltado para visitar a família uma única vez e que, quando fora com Inês alugar o apartamento em Nova York, foram de trem.

Naquele dia, chegamos à conclusão, naquela mesa, do quão longe vamos e o tão pouco que literalmente viajamos. Saímos de um ponto de partida para um ponto de chegada em distâncias e lugares longínquos sem tocar no chão durante o trajeto. Cali era ali. Bastava fechar os olhos e abrir. Oito mil quilômetros direto. Algumas horas e ambientes, idiomas, realidades distintas como na rua ao lado. Perguntaram-me quanto tempo fazia que não retornava ao Brasil e respondi que lá estava morto no presente. E continuei:

– Quando você entra no avião indo de mudança para outro lugar é o mesmo que morrer naquele lugar que você deixou e nascer no outro. Pensem bem, é como num passe de mágica, deixa-se de existir ali e horas depois passa a existir em outro mundo, falando outro idioma, vivendo outra realidade. É muito louco... Você se torna outra pessoa, queira ou não. Não adianta insistir em tentar levar dois mundos diferentes ao mesmo tempo dentro de um único ser. O que podemos fazer é simplesmente expressar este passado a mais que temos, como nossos genes e cromossomos fazem, transmitindo uma coisa ou outra...

– Você está dizendo então que abandonamos nossas raízes? – Perguntou-me Carlos.

– Não, não é isso. Muito pelo contrário. Por exemplo, você está aqui e acabou de defender sua tese, ou seja, agora você é um acadêmico. Um acadêmico formado numa universidade americana. Por mais que as universidades representem a mesma postura em todo o mundo, a realidade do mundo acadêmico brasileiro pode até ter algumas similaridades com a colombiana, mas todas vivem realidades distintas. Hoje você é um acadêmico americano, porém com a salsa no pé. Quando eu morava no Brasil, não gostava de sambar, nem sabia dançar. Fui aprender a sambar e descobri o samba nos Estados Unidos, e por quê? Porque ainda preciso manter um referencial sobre aquilo que sou...

– Que maravilha! Ou seja, eu que sempre fui um péssimo dançarino na Colômbia vou surpreender a todos. – Disse Carlos em meio a risos.

Téo Lorent

– Exatamente. Daqui a pouco lhe deixaremos dentro de uma bolha mágica e quando o dia amanhecer, você já estará ressuscitado em Cali. Um brinde ao ressuscitado colombiano. – Concluí me levantando.

– Éres un loco de mierda! Brindou Carlos. Vamos logo senão me atraso para o voo e cuide bem da minha cama que agora é sua e mantenha a tradição de qualidade nela, hein. – Respondeu Carlos em meio a risos e brindamos todos.

Inês sairia de Nova York em voo para Miami onde aguardaria Carlos que sairia de Chicago. Ambos pegariam o voo internacional naquela mesma tarde para a Colômbia. Passei o resto do dia e até tarde da noite trancado na biblioteca. Quando voltei para o apartamento, no que seria a minha primeira noite como morador dali, ao abri a porta, Corine saltou nos meus braços em prantos e com os olhos inchados como quem havia chorado muito.

– O avião caiu! Gritava.

– Que avião, Corine, o que aconteceu?

– O voo da Inês e do Carlos, caiu...

– Que isso, menina. Não pode.

– Veja na TV, todos os noticiários estão acompanhando e o telefone não para de tocar. Estão ligando de toda a parte para saberem deles. Inclusive a família dela está mantendo contato comigo da França para mantê-los informados... vamos ficar juntos, me ajuda...

Abracei-a fraternalmente mostrando-me forte, mas sem conter as lágrimas que rolavam incessantemente no meu rosto misturando-se com as dela. Ao fundo ouvia o noticiário da TV confirmando que o voo 965 da American Airlines com destino a Cali, na Colômbia havia caído. Era o voo de Carlos e Inês. Informaram que havia sobreviventes. O telefone tocou.

– Vamos Corine, temos de ter fé e acreditar que eles estão vivos.

82

O homem bumerangue

– Atenda você, não aguento mais. – Respondeu ainda aos prantos. Pedia pelo amor de qualquer deus que fosse alguém dando alguma notícia positiva. Não era. Tocaram a campainha e pouco a pouco foram chegando os amigos, alguns cabisbaixos, mas a maioria deles esperançosos e cheios de palavras de conforto. Acendemos algumas velas e oramos. A cada chamada telefônica, uma nova esperança e nada. O pessoal se foi, pois muitos teriam de viajar também, estávamos próximos do Natal e ficamos eu e a Corine ali no sofá com os olhos grudados na TV e o telefone ao lado. Preparei uma sopa, pois Corine estava abatida e, em seguida, ela deitou no meu colo e ficamos quietos sob a luz da TV contrabalançando com as luzes coloridas da árvore de Natal no outro canto da sala. De vez em quando olhávamos a neve cair levemente pela janela, brilhando como minúsculas estrelas descendo do céu, iluminadas pelos postes da rua, deixando a noite mais branca do que nunca. Quando dormiu, queria levá-la para a sua cama, mas insistiu que preferia ficar ali, pedindo-me que não a abandonasse. Peguei mais cobertores, nós nos cobrimos e ficamos assim solidariamente abraçados como dois irmãos sozinhos no mundo. Já havia amanhecido quando o telefone tocou. Meio sonolento me soltei dos cobertores para atender, com muito cuidado e carinho para não despertar a Corine.

– Alô?

– Hola, hermanito, soy yo.

– Carlos!!! Você está vivo! Gritei e pulei do sofá. Carlos Vives!

– É o Carlos?! Quero falar com ele... e a Inês? – Ouviu Corine saltando dos cobertores.

– Calma, Corine, já lhe passo. Carlos me conta, onde você está? E a Inês?

– Escuta, ressuscitei em Cali, como você me disse que eu ressuscitaria e ressuscitei! A Inês está bem e está aqui comigo e quer falar também com a Corine.

– Mas o que aconteceu? Vocês sobreviveram à queda?

– Não. O voo da Inês de Nova York atrasou e perdemos o nosso voo. Tivemos que pegar outro que saiu à noite.

– Graças a todos os deuses, meu irmão. Feliz casamento.

Passei o telefone para a Corine e fui preparar um café. Quando desligou, veio correndo para a cozinha e nos abraçamos comovidos, aliviados e exaustos. Finalmente, abriu o seu sorriso, segurou com as duas mãos na minha nuca e disse: "bem-vindo a esta casa", beijando-me carinhosamente. Retribui dizendo-lhe aliviado que, graças a todos os deuses, não iria dormir na cama de um morto colombiano. Ela pegou a taça de café e se retirou para o seu quarto...

Sentei-me pela primeira vez nesta poltrona olhando para a mesa de jantar, e me lembrei da última ceia que tive com o Carlos e sobre tudo o que falamos, exatamente como estou neste instante agora e a música me pareceu mais alegre do que nunca. Coloquei a música para tocar enquanto me preparava para sair. Deixei-a tocando enquanto saía de casa. E dava para ouvi-la a mais de um quarteirão ladeira acima, coisa que antes não notara e continuou tocando na minha cabeça em boa parte do dia, possivelmente como Corine ouvia. "It's a free ride when you've already paid it's the good advice that you just didn't take and who would've thought... it figures". Nossa pequena rotina temporária já gerara história. À parte isso, havia muito a aprender.

Rio
Barcelona

– Não esqueceu nada, carinho?

– Creio que não. Também, você sempre arruma minha mala que nem sequer me preocupo com isso

– Coloquei na mala a gravata azul que você tanto gosta de usar. Vai chegar um dia em que essa gravata vai caminhar sozinha até a mala. Supostamente vou ter que te dar outra de presente. Não se esqueça da jaqueta que deixei no porta-malas.

– Caramba, Montserrat, quantas vezes já te disse que faz um calor insuportável no Rio nesta época do ano, e acabo carregando esse trambolho nas mãos. Não gosto de ficar carregando coisas.

– Já sei. Mas nunca se sabe. Vista no avião porque faz muito frio durante o vôo com aquele ar gelado.

– O cobertor do avião já é suficiente, meu amor...

– Está bem, mas não vai ficar doente. Tem muito trabalho para resolver por lá e, se pegar uma gripe, você sabe muito bem como você fica, não é?

– Tá bom, tá bom, tá bom... agora chega, tenho que correr porque é aquela confusão de sempre para embarcar. Me dá um beijo e não se preocupe. Aproveita para sair um pouco com o pessoal e não fique presa em casa sozinha, tá bom? Prometo que assim que voltar, vamos ao médico tentar novamente...

– Obrigado carinho pela paciência com tudo isso, mas é que se a gente não tentar agora, vai ficar ainda mais difícil ainda por causa da minha idade. Te amo, meu amor. Vai seguro e que os anjos te proteja...

Esta era uma rotina que se repetia pelo menos uma vez ao mês quando Jaume ia ao Brasil a negócios. Montserrat toda vez levava o marido ao aeroporto internacional de Barcelona para se despedir dele com a esperança de que um dia fosse fazer esse itinerário grávida e depois com o bebê no banco traseiro. Já havia passado mais de dois anos desde que decidiram ter um filho. Aquela mesma história de sempre "vamos nos estabelecer antes de pensar em ter um filho". E com isso o tempo ia passando com uma velocidade maior do que a possibilidade das coisas que iam ficando para trás, à medida que a idade avançava. Não que tenham deixado de fazer algo durante seus anos de cumplicidade. Viajaram muito, conheceram muito, conquistaram espaço, desentenderam-se, mas estavam sempre juntos, nos *ups and downs*. Esse momento na vida deles era um daqueles de indecisão, entre a sensação de que foram egoístas demais por passarem tanto tempo desfrutando a vida a dois e aquele sentimento de falta que vinha ao sentarem-se com amigos em festas, reuniões e encontros familiares e observarem um certo brilho nos olhos dos que tinham crianças ao redor, que apesar do cansaço demonstrado pelos pais, não atrapalhava o desejo. Sentiam-se sós.

Um com o outro e a meia-idade batendo na porta, porém sem ninguém para continuar. O que queriam continuar? Quantas vezes já haviam discutido isso, mesmo enquanto curtiam as férias no Caribe. "Se tivéssemos uma criança, isso seria impossível", era

O homem bumerangue

o que pensavam. A verdade é que a vida havia se tornado monótona e vazia, apesar de já terem feito um pouco de tudo, incluindo uma suruba que não deu tão certo. Custou ao casal voltar ao relacionamento normal depois de Jaume presenciar Montserrat prantosamente dada aos orgasmos e gritando nas mãos de outro como ele nunca tinha visto antes, enquanto ele brochava com a amiga do companheiro. Motivo pelo qual pediu transferência de trabalho de Madrid para Barcelona, onde ficara impossível continuar trabalhando todos os dias olhando para a cara do colega, sem esquecer da bela gozada que ele havia proporcionado para Montserrat e, claro, aquela sensação de que, toda vez que o colega ria com alguém à distância e olhava para ele, achava que estavam falando da brochada que ele deu com a mulher do outro. "A ideia foi sua", dizia Montserrat a ele toda vez que entravam numa briga logo após o incidente. "Queria trepar com a mulher do outro e inventou essa história de tentar algo de novo para colocar um pouco de tempero na nossa vida sexual". O que tinha seu toque de verdade, pois a mulher do Paco era lindíssima aos olhos de Jaume e das fantasias de Montserrat também, diga-se de passagem.

Haviam saído de barco numa tarde e ali, no meio do Mediterrâneo com aquele calor fenomenal, descontraídos, uns "porritos", umas tequilas, tomando sol, nus. Paco e Maria se meteram dentro do barco, enquanto Jaume e Montserrat estavam do lado de fora e não havia como não olhar pelo vidro e ver o casal transando praticamente na frente deles como que convidando para entrar na festa. Montserrat ainda acredita que os dois homens tinham premeditado o evento. Jaume o nega, insistindo que o casal é que havia armado aquela arapuca para eles. Aliás, quem tinha sugerido de tirar a roupa toda primeiro? Havia sido Maria que, enquanto tomava sol com Montserrat, perguntou se ela não se importava de que tirasse a peça de baixo ali, pois gostava de tomar sol en pelo. Uma coisa liga à outra, e quando se deram por si, já era noite chegando em casa, no final do domingo, sem conseguir trocar uma palavra um com o outro, até que na noite seguinte, quando voltou do trabalho com o nó até então entalado na garganta, finalmente desabafou: "Você nunca gozou comigo daquele jeito, com aquela gritaria toda, por quê?"

A tal viagem de férias ao Caribe serviu para colocar a vida sexual do casal de volta ao eixo. Ideia da terapeuta de Montserrat que sugeriu que ela o deixasse bem à vontade num resort caribenho em praias nudistas com gente bonita. Realmente funcionou para eles. Quando voltavam da praia para o quarto, transavam feito loucos, fantasiando transas com pessoas que haviam visto durante o dia. Ele era vários homens possuindo ela, e ela várias mulheres dando para ele, ora trocando de papéis *y otras cositas más*. Fantasias que duraram um bom tempo até perder o efeito diante da monotonia que vinha invadindo o quarto, a sala, a cozinha, as paredes e o jardim da bela casa em que moravam em Pedralbes, canto agradável barcelonês. Bastava um passeio pelos parques da cidade e ver toda aquela criançada correndo e brincando, e a falta de assunto para discutir com as amigas e mães orgulhosas das espertezas e travessuras de seus filhotes. Montserrat se sentia egoísta. Quando finalmente resolveram ter filhos. Jaume a princípio não queria. Gostava da vida que levava e, desde que fora designado pela empresa para cuidar dos negócios na América Latina, sentia-se muito envolvido com a nova experiência ultramarina no trabalho. Muitas vezes, Montserrat, o acompanhava e juntos curtiam a comida mexicana, os passeios chilenos, o tango argentino, o carnaval carioca e as praias do nordeste brasileiro. Era uma vida de conto de fadas, como diziam suas amigas e familiares na Espanha, enquanto, para ela, aquilo estava se desgastando. E o desgaste aumentava ainda mais com a frustração de cada nova tentativa fracassada de gravidez. Montserrat estava perdendo a batalha para a possibilidade de engravidar devido a uma cirurgia que fizera anos atrás e que, com o passar do tempo, já sabia que era quase certo que não iria poder cumprir o papel de mãe. Sem contar a preocupação de perder o marido para qualquer brotinho tropical que o pudesse fazê-lo. Uma desconfiança que evoluiu para insegurança, transformando-a em outro tipo de pessoa que jamais imaginou que pudesse ser, forasteira de si mesma, a ponto de ter uma conversa com seu médico, sem que Jaume soubesse, para que ele, apesar de ter diagnosticado a impossibilidade de engravidar, não contasse de maneira alguma o fato ao marido temendo o término do seu matrimônio.

Dr. Manolo teve várias conversas com ela sobre tal temor, convencendo-a a manter o acompanhamento de uma terapeuta durante essa fase cada vez mais depressiva. Jaume também havia tramado exatamente o mesmo como o próprio Dr. Manolo que guardava o segredo de ambos, pois não havia por que rompê-lo e perder uma fatura a mais que ajudaria a diminuir pela metade o prazo de pagamento da compra do veleiro que fizera em sociedade com uma amiga. Exatamente, a mesma terapeuta.

Até quando seguiriam com essa viagem incerta? Era nisso que pensava Montserrat enquanto voltava do aeroporto para casa e Jaume, enquanto se preparava para o voo sobre o Atlântico.

Sentado ali, na executiva, com rumo certo sem porta de entrada nem de saída, não havia outra opção senão meditar sobre o assunto ou o dilema dele e de Montserrat. "O trabalho que espere a aterrissagem amanhã de manhã. Que estranho, não é? Tudo tão simples e ao mesmo tempo tão complicado. Até agora não entendo o complicado nisso tudo. Temos tudo, fazemos tudo o que queremos, nada nos impede de não deixar de fazer tudo ou nada, se nos apetece... e, em meio a isso tudo, aquele vão que nos impede exatamente de nos sentir livre e deixar a coisa rolar. Tolices... acho que fico buscando chifre em cabeça de cavalo". Assim seguia seus pensamentos entre refeições, drinks, leituras de trabalho e espiadas na janela do avião olhando aquele mar aberto trinta mil pés abaixo de seus pés, iluminado pela enorme lua cheia visível desse quarto de dormir entre nuvens tão perto do céu. Bebeu mais do que devia, lógico, chegaria ao Rio já com um dia de folga para cuidar do jetleg e da ressaca, tomando uma caipirinha na sacada do hotel de sempre, em frente ao mar na praia do Leblon, estadia que sempre ancorara no Brasil. Privilégio mínimo da rotina de trabalho que desfrutava com bom gosto. E assim dormiu o resto da travessia sobre o Atlântico.

Desceu no Galeão já certo do trajeto pesado que teria até chegar ao hotel, numa manhã caoticamente chuvosa na cidade maravilhosa.

– Vai ser bravo, doutor, tá tudo cheio d'água – anunciou o taxista de meia idade, enquanto o Galeão aéreo flutuava no retrovisor.

– Não tem problema. Hoje não tenho pressa.

– Desculpe incomodar, mas o doutor é de que país?

– Da Espanha.

– Veio conhecer o Rio, doutor?

– Não, já o conheço, não é a primeira vez, venho sempre a negócios.

– Ah, então o doutor já é de casa, conhece os macetes. Mas não vacila não, a cidade anda muito cheia e coisa feia é algo que se deve ter cuidado como em qualquer canto do mundo...

O papo de sempre seguiu nesta viagem da linha vermelha à zona sul e durante a estadia cansativa aos pés do calvário do

O homem bumerangue

Redentor. Nada de anormal ou especial no trabalho, em reuniões, jantares, o que foi deixando-o um pouco mais incomodado toda vez que voltava ao hotel. Verdade seja dita, o peso da esperança que alimentava tanto nele como em Montserrat estava se tornando um fardo insuportável. Até que ponto levaria a farsa com o médico? Sabia que não podia mais ficar enganando-a, nem a si mesmo. Estava claro que precisava tomar uma decisão mais firme. Olhava da sacada o mar como se pudesse ver do outro lado algum sinal de resposta que as ondas pudessem trazer. Gostaria muito de ser pai, mas não assim como quem investe em algum produto no mercado. Se fosse para ser, deveria ser como ele mesmo fora gerado, assim por acaso, chegando em casa recebendo a notícia como se fizesse parte de uma bênção divina, como dizia sua mãe. Não como uma encomenda médica que depois você simplesmente escolhe o tipo de pagamento em Visa ou Mastercard. O fato é que havia decidido que quando voltasse à Barcelona deveria ter uma conversa séria com Montserrat e que isto não poderia mais continuar assim. Iria mostrar o quanto a amava e que não faria diferença alguma se iriam ter filhos ou não, juntos buscariam um novo objetivo ou projeto de vida. Ligou para Montserrat, escutou milhões de conselhos para se cuidar e disse-lhe que assim que voltasse iriam ter uma boa conversa. Mas, como ela se mostrou preocupada com que tipo de conversa teriam, ele, dentro de uma alegria que lhe brotou na hora com a coragem que havia tomado, disse que era uma surpresa agradável e que a amava mais do que nunca. Sentiu-se tão feliz e aliviado por ter avançado na decisão, que a vontade era voltar para casa o mais rápido possível e acertar seu próprio fuso-horário. Enquanto isso em Barcelona:

— Bom dia, dona Montserrat, precisa de ajuda com as compras? Perguntou o jardineiro equatoriano.

Téo Lorent

– Não, obrigado, senhor Valdomero, não precisa, abra por favor a porta da cozinha que eu me viro...
– Para onde foi o seu Jaume desta vez?
– Foi ao Brasil, ao Rio de Janeiro, senhor Valdomero...
– Puxa, adoraría conhecer o Rio. O carnaval... Assistir a uma partida de futebol no Maracanã. A senhora já esteve lá?
– Sim, senhor Valdomero, é uma cidade encantadora, mas não tenho vontade de ir outra vez. Já vi tudo o que tinha de ver.
– Bem, quando se viaja tanto quanto vocês viajaram e conheceram do mundo, imagino.
– Obrigado pela ajuda. Termine de podar os hibiscos e aproveite o resto do dia e da semana com a sua familia. O jardim está bem, vai tranquilo. Adeus.

Montserrat deixou as compras na cozinha, atravessou a sala, atendeu alguns telefonemas, falou com o pessoal da revista onde era colunista, com amigos, resolveu aceitar um convite para sair, mas horas antes desistiu inventando uma desculpa, de sempre. Queria ficar sozinha. Passou parte do dia entre o quarto e a cozinha. Ora deitada com um livro, sem render muito, lendo uma página e voltando duas para pegar o fio da meada, ora no jardim à beira da piscina, ora sentada na mesa da cozinha com uma xícara de café olhando o relógio de parede e ouvindo o barulho silencioso da rua. Trocou de roupa e saiu de carro, quando deu por si, já estava na marina e saiu para caminhar na praia. Olhou para o topo das torres gêmeas, entrou no calçadão à direita e seguiu caminhando um tanto apressada no início, mas foi compassando os passos à medida que sua mente ia clareando. Assim, conseguiu perceber melhor o entardecer e as pessoas caminhando pelo calçadão, sentiu uma necessidade enorme de tirar um peso que sentia dentro de si e que ela mesma o definira como uma pequena bola que lhe apertava bem no meio do estômago e que lhe impedia de respirar livre, profundamente. Notou que essa vontade incessante de ser mãe havia tomado conta por completo de todas as partes de seu corpo e isso era algo que realmente não lhe pertencia. Era como se já estivesse grávida, mas de uma maneira vazia, sensação desagradável de preenchimento do corpo fazendo com que lhe pesassem as pernas, a cabeça, consumindo inclusive seus pensamentos. Parou para olhar o pôr do sol. Quanto tempo fazia que não via um? Claro que tinha visto semanas antes quando por ali esteve a passeio como o fazia agora, mas na época era o pôr do sol imaginário de uma futura mãe. Parou, sentou-se na beira do calçadão, tirou o tênis e enterrou os pés na areia. Acariciou com movimentos circulares os joelhos e os abraçou, permanecendo nessa posição quase que fetal, sentindo a brisa lhe alvoroçar os cabelos e com os olhos fixos no horizonte vermelho da linha do mar. Assim ficou. Estática. Como uma daquelas estátuas vivas do Passeio das Flores, até o anoitecer.

Quando as luzes da praia se acenderam, ergueu-se e respirou fundo, aliviada. Levantou a cabeça e olhou para o céu acima com a boca aberta, deixando que o ar fluísse livremente para dentro dela, saindo da mesma forma, como um suspiro profundo, leve e prolongado. Esticou os braços e se espreguiçou como quem acabara de despertar de um sono profundo. Eu sou Montserrat, disse essas palavras em voz alta para si mesma e para o mar. Colocou o tênis e, no caminho para casa, decidiu que precisava urgentemente falar com Jaume. Ter uma conversa séria com ele. O que não poderia fazer mais era ficar levando uma vida carregada de medo por algo que ainda não teve, e que possivelmente nunca viria a ter, deixando de viver sua própria vida e ao mesmo tempo não deixando que ele buscasse a dele. Fosse ao seu lado ou não. O medo de perdê-lo para outra não poderia ser vencido prendendo-o, muito pelo contrário, isto já era algo sabido e coisa que houvera presenciado com a sua própria mãe, que vivia infeliz ao lado de seu pai, crente ou autoenganada que era pela felicidade dos filhos.

Não, as coisas não andam mais assim. Sacrifício hoje é algo que se compra em lojas especializadas para aventuras *outdoor*. Jaume e ela poderiam buscar outros rumos, mas era hora de acabar com a farsa. Tomou um longo banho e se sentiu como se tivesse trocado de pele. Quando Jaume ligou, ela já estava totalmente rejuvenescida, revitalizada, restabelecida consigo mesma e disparou com as mesmas recomendações de cuidado para o marido: roupas, friagem, bebidas e tantas coisas mais que dizia simplesmente por dizer para não perder o hábito de demonstrar o carinho e o afeto que sentia por ele. Quando ouviu dizer que precisavam conversar, ela gelou. Congelada no tempo de alguns segundos, lembrou-se de tudo que havia sentido e decidido naquela mesma tarde em que vira o pôr do sol pela primeira vez com outro olhar em tanto tempo. Mas interrogou-o sobre o que se tratava e, recebendo uma resposta num tom tão alegre e carinhoso por parte dele, derreteu-se e deixou que as coisas fluíssem mais tranquilas como também não sentira há tempos. Desligou o telefone, foi até a janela da sala e, com um sorriso estampado no rosto, olhou para fora, a cidade viva lá em baixo, os carros passando, o mar ao longe, tudo tão igual e tão diferente ao mesmo tempo. Sentiu um alívio como quem houvera dado à luz e não via a hora de vê-lo ali e abraçá-lo assim que chegasse.

Naquela noite as estrelas brilharam nos céus para ambos, tanto no mar Mediterrâneo como no Atlântico. As águas da Terra são as mesmas em todo lugar.

Na
Tundra

Frio que Queima

O mormaço do verão já começava a perder o seu ardor estagnado com a chegada sutil do vento ártico indicando às árvores e aos seres daquela região que o outono batendo à porta anunciaria que o inverno estaria prestes a chegar. E sempre chegava rigoroso com temperaturas inóspitas à vida terrestre, atingindo quarenta graus negativos no termômetro por semanas consecutivas. Os noticiários locais alertavam para que não saíssemos de casa por motivo algum, a menos que fosse extremamente necessário, pois o risco de perder a vida era simplesmente iminente. A quarenta graus negativos, diziam que o corpo humano congelava em apenas um minuto de exposição. Sendo que, ao contrário do que se imagina nos trópicos, um frio assim é fogo puro.

O frio queima, não gela. Bastava andar pelas ruas pisando na neve molhada para sentir o frio penetrando nas botas encharcadas alcançando os dedos, fazendo com que ficassem totalmente anestesiados. Primeiro uma queimação e, pouco a pouco, é como se deixassem de existir e, sem senti-los, o caminhar prosseguia como quem anda com os dedos dos pés amputados. Então vem a dor maior quando se tiram as botas e os pés entram em contato com o ambiente mais acolhedor. Era como se colocasse literalmente os pés numa fogueira. Chama-se *frost-bite*, o efeito da queimação do frio na pele humana e, quando isso ocorre, a pele exposta fica necrosada a ponto de ter de ser amputada. A morte no clima frio é tão certeira e rápida quanto à sede no calor.

Lembro-me de uma vez em que fui visitar um amigo, Kevin, que morava no campo, fora da cidade, com um cão enorme igualzinho ao Scooby-Doo, para celebrar o fim de ano, numa dessas festas que começavam muito cedo e com hora exata para acabar. Na volta para a cidade, estava sozinho com o carro já aquecido em uma *country-road*, sem uma vivalma a quilômetros e aquele mar branco infindável nevado substituindo a manta verde que era plantação de milho no verão. Era eu com os olhos grudados no para-brisa e na linha amarela da pista, que ora era nítida, e ora desaparecia nas ondas de neve que sopravam transversalmente no reflexo do farol, dando a impressão de um barco à deriva. Naquele dia fiquei assustado. Dirigia devagar com medo de derrapar e me atolar na neve. Sem contar o medo de ver um veado saltando na frente do carro arrebentando o para-brisa e me acabar numa morte trágica como as que eu via nas páginas dos jornais e que eram comuns. Todas as pessoas que conhecia já haviam atropelado um, inclusive conheci uma garota de dezoito anos que era caixa do meu banco e que morreu, em pleno dia, depois de atropelar um cervo daqueles no trajeto para a universidade. A rodovia que eu teria de alcançar ficava a alguns minutos mais à minha frente, exatamente onde o fato descrito aconteceu. Algo do qual sequer queria me lembrar no momento ouvindo o rock na rádio,

O homem bumerangue

mas que por mais que quisesse, não saía da cabeça: iria passar pela cruz fincada no leito da pista onde o acidente ocorreu. E como esquecer se o fato ocorreu a menos de meia hora antes de entrar na cidade e aguardá-la para que me atendesse no caixa como era de costume. Cheguei até a perguntar no banco se ela havia deixado o trabalho por algo melhor! Mal sabia eu que fora ela, nativa da região, vítima de seu próprio mundo, e não eu, mero transeunte no mundo dela, que a ambulância resgatou sem vida momentos antes quando cruzara pelo carro tombado na pista. Fatalidades que nos fazem questionar nosso destino quando menos pensamos nele.

De repente o rádio silenciou. Com ele os faróis foram perdendo força e o acelerador não respondia aos suplícios do meu pé desesperado. O carro parou. Liguei a luz de alerta que, de alerta, nada tinha, desci do carro e fui até o porta-malas pegar o cobertor. "Essa mania minha de querer ser sempre o último a sair da festa vai custar a minha vida", pensei. Ninguém iria passar por ali naquelas preciosas horas e que seriam poucas até que eu me congelasse por inteiro e me encontrariam ali duro pela manhã como uma pedra de gelo. Que maneira mais estranha para um brasileiro morrer. Imaginei até a manchete do jornal e o trabalho que daria para transladarem o meu corpo de volta ao Brasil. Sair dali andando até o sítio mais próximo seria uma opção suicida inegável, mas preferi me agarrar à vida e ficar ali enquanto o calor do carro aguentasse. Nisso apareceu um farol e corri para frente dele como um animal alucinado, ou um próprio veado. O carro parou, abriram-se as quatro portas e delas desceram quatro caras barbudos, sujos em camisas de flanelas xadrez e jeans rasgados, trajando seus típicos bonés de beisebol com logos de tratores e fertilizantes. Reparei no carro velho e

97

enferrujado, enquanto os quatros se dirigiam à minha direção. Pareciam ter saído de um filme de faroeste com seus dentes pretos de mascar tabaco manchando o preto do cuspe na neve branca e o olhar penetrante no forasteiro. Por essa situação inusitada, devo admitir que não esperava. Não que esperasse um serviço de limusine e muito menos a loira da propaganda de cerveja. Mas, parado no meio da pista, no meio do nada, com os braços cruzados no peito, à deriva, senti-me mais indefeso ainda. Ficar vivo, imaginei, vai me custar muito caro.

O homem de rala barba grisalha e olhos azuis profundos, que havia descido da porta do motorista, olhou para o adesivo com o símbolo da universidade grudado no carro, aproximou-se a menos de um palmo do meu nariz com uma garrafa de gim na mão e, depois de me medir de cima a baixo e de baixo a cima, soltou um bafo na minha cara, "Probleminha no carro, professor?", falou colocando a garrafa de gim na minha mão. "É", balbuciei trêmulo de tudo e tomei um gole.

Em menos de minutos, os rapazes entraram no meu carro, abriram o capô, mexeram aqui e ali, buscaram ferramentas e lanternas, colocaram o carro para funcionar e ainda me perguntaram se eu queria fumar um joint e voltar para a casa mais relaxado. Agradeci a oferta, meia garrafa de gim e o cartão dele de mecânico com recomendações para que não confiasse em mecânico algum da cidade, que eram todos uns careiros e ladrões que exploram o pessoal da universidade que vem de outros lugares e países, e que pessoas como ele não gostam de coisas desse tipo porque é antiético e antiamericano. Abracei um por um fraternalmente, comovido, e assim nos despedidos como se ali, naquele momento, houvéssemos selado uma grande amizade. Prometi visitá-lo e pagar pela ajuda, ao que ele respondeu, já ligando seu carro velho aos risos, que qualquer meia dúzia de cerveja dava conta do recado.

E meia dúzia de cervejas foi a promessa que paguei ao santo mecânico toda vez que o visitava a partir de então para dar uma geral no meu carro e passar umas boas horas no campo diante do seu altar de ferro-velhos, ouvindo suas histórias e suas músicas da época de San Francisco dos anos 1960 quando havia adotado o nome de Hawk, e que adorava a tradução equívoca que lhe dei de Falcão, talvez por nunca ter prestado atenção direito na aula musical do TJ e do CB na música do pintassilgo e pintarroxo e uirapuru, mas presenteei-o com um Raul. E, toda vez que chegava lá, ele botava para tocar, vindo me receber com uma latinha de cerveja na mão, chamando-me de Brazilian Nut, o seu melhor amigo vindo diretamente de floresta amazônica, repetindo sempre a mesma história de como havia conhecido este "animal brasileiro" congelado na beira da estrada, a mais de oito mil quilômetros ao norte extraviado do meu habitat, parecendo um veado saltitante na pista. E risos era o que não faltava entre joints, cerveja e churrasco de carne de veado.

Calor que Gela

Frio que queima e calor que gela. O verão não deixava por menos. Não que as temperaturas elevadas acima dos quarenta graus refletissem o mesmo efeito dos negativos, mas era impossível entrar em qualquer ambiente fechado onde o ar-condicionado não estivesse ao máximo. Não era só nos cinemas e teatros, bastava entrar num ônibus, num restaurante, em qualquer lugar e, se não tivesse uma blusa de frio na mão, você congelaria e pegaria um resfriado chato, com direito a calafrios e nariz escorrendo em pleno calor do verão. E mesmo o calor matava e ponto. Como matou muita gente que não tinha ar-condicionado. Tínhamos de andar com uma garrafinha de água na mão enquanto derretíamos como sorvete numa panela à banho-maria. Sem contar os pernilongos e as abelhas que estavam por todas as partes. Pernilongos enormes e saudáveis como os americanos daquela região norte. Os pernilongos no Brasil parecem meros insetos mal nutridos comparados com aqueles. Exageros à parte, eram enormes e muitos, levando em consideração que a região era chamada de "região dos Grandes Lagos" e, somente no estado onde eu morava, um pouco menor que a Espanha, havia mais de dez mil deles. Muita água, muita umidade e muita plantação de milho.

Estes extremos absurdos sazonais eram separados pelo outono e a primavera. A primavera chegava como um alívio depois de seis meses foragido do inverno dentro de casa reciclando o mesmo ar do aquecedor a gás. O outono, por sua vez, trazia consigo aquela expectativa de mudança. Mudança das folhas, mudanças internas indicando o recolhimento, fechamento de um ciclo de vida e de muita meditação sobre um ano próximo da reta final, de dormência das plantas e hibernação de animais e outras histórias fascinantes contadas por Aldo Leopold e que tinha lá a sua verdadeira beleza, mas que ao mesmo tempo, para mim, significava o início de mais um ano letivo na universidade. Muita correria, alunos novos, papers, palestras, aulas, horas trancafiado numa jaula da biblioteca, atolado de livros e teorias até o último fio de cabelo se definhando cada vez mais. Correrias entre halls e corredores e correções de testes, tarefas e trabalhos incessantes e palavras pipocando e crescendo pelas paredes em folhas e tiras de papel como trepadeiras, urgentes e imediatas e

O homem bumerangue

que deveriam sempre indicar um caminho novo, uma ideia, um pensamento, um achado importante das humanas para a humanidade, e que não se acabassem como as folhas que caem das árvores, e que era sabido, apesar de tanta pressa, que tanto as folhas de papéis eram rasteladas para o lixo quanto as folhas do outono e que o ciclo seria o mesmo no ano seguinte, pois assim foi e assim sempre será o outono acadêmico por aquelas bandas e tantas outras mais. Enquanto no campo o milho era recolhido e a terra saía do seu ciclo fértil para descansar, na cidade iniciávamos o plantio com os filhos e filhas de agricultores de todo o canto do mundo que ali chegavam em busca de fórmulas e letras que o levassem a um plantio maior. Vida de geólogo, sem mais as profecias de uma nova sociologia rural.

Era nisso tudo, e mais, que pensava naquela tarde ensolarada já despedida de verão, chamada outonal, quando saí do meu departamento e fui caminhar pela trilha que contornava o lago para me encontrar com alguns amigos e aproveitar os preciosos momentos ao ar livre que o tempo proporcionava. Queria me encontrar com a Regina, uma amiga carioca que acabara de regressar do Brasil, ou melhor, do Rio, e que com certeza teria boas novas para contar, pois fazia mais de sete anos que não visitava as *Terras Brasilis*, ou melhor, o Rio, e eu, outro exilado a mais de cinco anos sem pisar lá, deleitava-me com o que contavam, principalmente porque sempre traziam umas lembrancirhas tupiniquins, tipo cachaça, azeite de dendê, pão de queijo, fitinhas do Senhor do Bonfim, e outras *délicatesses* que acariciavam o coração gelado de exilados tropicais como o nosso tão longe ao norte.

O calor dos trópicos nos rejuvenesce. Sempre que vamos ao sul voltamos como quem acabou de sair de um banho de mar ou de cachoeira. É incrível observar a energia de qualquer pessoa quando em contato com o seu próprio habitat, seus entes, língua e dentes. Voltam trajando verde e amarelo, rigorosamente. Voltam mais casimiros como nunca. Evocam o Casimiro. Entendem, finalmente, na pele o que Casimiro evocava com suas palmeiras e sabiás e se orgulham disso. Sentem-se poetas, ufanistas, sambistas, pagodeiros, sertanejos, qualquer coisa que se agarravam na saudade do Brasil, mas sempre mais decididos a mostrar ao mundo como é bom ser brasileiro, graças a Deus. Melhor ainda, sentem-se encontrados com Deus, que é brasileiro. E se o brasileiro for carioca, Deus mora no Corcovado e "vive" abraçando o Rio. Se for nordestino, nasceu em Belém. Já quem nasce no Rio Grande do Sul, mais reservado, aceita a afirmação de João Paulo II que se adotou gaúcho. E por aí vai o bate-papo animado entre brasileiros de várias regiões quando se reúnem ao redor de uma pessoa recém-regressada entre jarras de cerveja escura e futuros convites para ouvir música nova e comidas típicas. Qualquer motivo para uma festa termina em samba, ou pizza. Ou um com o outro como ainda é de costume tanto lá como cá.

Mas Regina regressou retraída, rechaçada e reprimida. Não voltou casimira. Voltou nos porões de um navio negreiro. Contou que saiu feliz para celebrar o seu aniversário de 40 anos no Brasil com a família e amigos e a Cidade Maravilhosa. Havia saído feliz e contagiante para o retorno triunfal, pois se sentia bonita apesar da idade e quatro casamentos nas costas, três filhos e ainda com um corpo sarado para desfilar com as amigas pelas praias de Ipanema e até na Mangueira. No primeiro encontro, suas amigas demonstraram admiração e espanto ao vê-la totalmente natural sem recurso plástico algum, ainda mais morando

O homem bumerangue

nos Estados Unidos, onde os maiores avanços na cirurgia plástica estavam à sua disposição por preços bem mais acessíveis, comparados com o que elas tinham de gastar no Brasil, coisas que Oprah já mostrava na TV a cabo. Sentiu-se um lixo, justo ela que nos anos 1970, toda bossa e carioca da gema, possuíra uma grife de biquínis, ali mesmo em Ipanema. Suas amigas estavam plasticamente impecáveis e ela, que sempre fora muito bonita, e ainda o era, afirmo eu, admirador de Casimiro de Abreu com um toque de naturalista, estava chocada com a naturalidade que apresentara a sua estética natureba às conterrâneas do Cone Sul sem que fosse compreendida, apesar de todos os produtos da Terra Natura! E por aí continuou o bate-papo humorado. Da estética da mulher brasileira, fomos esticando a questão da estética, meio Tonzés, Tropicalistas, Sciences, Itamares, Falmares, por onde andam? E por onde andava a Garota de Ipanema? Batucamos o tom e declamamos o saudoso poeta vagabundo na mesa: "e por falar em saudades, onde anda você, onde andam os seus olhos que a gente não vê, onde anda este corpo que me deixou morto de tanto prazer". Ritmando bossa, rodeado de folhas secas, algumas coloridas, outras ainda frescas contornando aquela mesa de bar, na sombra das árvores à margem do lago de águas geladas. Coloquei meu Anjo Pornográfico, presente de Regina, dentro da mochila e que agradeci, perguntando:

— Além de Nelson Rodrigues, que há de novo no Brasil?

— PC.

— Quem é PC?

— O PC, insistiu.

— Não conheço.

— Como não conhece? O que escrevia as letras do Raul...

— Aquele PC?

Téo Lorent

– Ele mesmo, o mago. Nossa, você está mesmo por fora. Todos os seus livros já foram traduzidos para vários idiomas, achei que sabia. É o nosso Midas da literatura como o Fallabela é o Midas do teatro.

– Não sabia...

– Você está ficando tão defasado com a literatura como eu estou com o meu corpo, meu lindinho. Está precisando renovar, fazer uma revisão, um check-up, rever suas ideias, muito tempo por aqui, a mente congela, viu, lindinho...

– Vou pensar nisso – respondi mais confuso que indignado, imaginando que um Machado não viria novidade alguma no nosso teatro de costumes televisivos e muita releitura. Acho que até diria escandalizado em alto e bom tom em meio a sua gagueira: "Isso é um complô armado pela corja do Martins Pena!" Talvez com um teor de recalque pessoal por não ter sido bem--sucedido com suas próprias peças, como descreveu o maestro Romão Pires.

Saí dali com aquelas palavras na cabeça e um leve samba no pé. O PC do Raul? Entoei algumas músicas dele no trajeto para casa. Lembrei-me do CD que havia presenteado ao Hawk e lembrei também que deveria ir até lá levar o carro para que o preparasse para o inverno. Aí me veio que "eu deveria estar feliz porque consegui comprar um Corcel 73...". Será que esta é do PC também? Seguia o rumo de volta a casa me interrogando a cada trecho de letra do Raul que lembrava. Defasado? Eu Me questionava pisando nas folhas secas. "Eu que não me sento no trono do meu apartamento com a boca escancarada cheia de dentes esperando a morte chegar...", repetia a cada virada de quarteirão, aumentando o tom da voz à medida que me aproximava do meu apartamento. Quando entrei pela cozinha, já estava aos berros e já mais do que pra lá de Bagdá e sobre a cabeça os

104

aviões e viva a bossa-sa-sá e "euuu soooouu a luz das estrelas, gitãããã, gitãããã, gitãããã, gitãããã..." e, ao cair na cama, liguei o aparelho e deixei tocando o CD que lá dentro se encontrava. "O retrato do artista quando moço, era promissora cândida pintura..." e antes de me apagar me ocorreu que o CB com certeza seria a próxima e antiga novidade das letras em um futuro próximo alocando meus estudos e medíocre talento a um futuro ainda mais incerto. E a vida seguiria como um machado afiado que despreza o perfume do sândalo sob o mesmo sol que já se punha. E sonhei com discos voadores e ETs me visitando no belo sertão do Cariri paraibano debaixo de um jardim de acácias, esperando alvorecer de novo...

A Morte do
Cantor Sertanejo

Sejamos prudentes, mas Presidente Epitácio fica muito longe. Lá nos confins do oeste paulista. Mais meio metro de estrada e você cai na barranca do rio Paraná, se não fosse pela ponte que cruza o estado do Mato Grosso do Sul. Tudo bem se você mora na capital paulistana, são apenas 658 quilômetros. Mas, vindo de Toronto, Canadá, cruzando o hemisfério de norte a sul em mais de doze horas ininterruptas a jato, fazer uma viagem de ônibus que acrescenta oito horas é algo muito estranho para o metabolismo humano, traduzindo em uma única palavra, *jetleg* ao cubo. Mas, se o objetivo fosse chegar ao nascimento do primeiro sobrinho, cujo marido da irmã se recusava veementemente a acompanhá-la na árdua tarefa com receio de perder seu interesse sexual, coisa de homens e parteiras de séculos passados, esse foi o melhor itinerário que Renato encontrou para amparar sua irmã nesse momento tão especial, ciente do desespero dela que, desde criança, passava mal e chegava a desmaiar ao ver uma gota de sangue quando se feria brincando, o que um parto!

Téo Lorent

Quando ela lhe telefonou um dia antes aos prantos, dizendo que estava com medo do alvitre e que o marido não a acompanharia na sala, e sendo ele o seu único irmão e que já fora pai, implorando que lhe acompanhasse nessa hora, ele não pensou duas vezes, não hesitou, pediu que aguentasse e que daria um jeito de chegar a tempo para estar com ela. Cruzar as doze horas de voo de Toronto a São Paulo foi tranquilo, o difícil era aguentar aquelas oito infindáveis horas de ônibus que conhecia desde a infância e que já não fazia há muitos anos de exilado do país. Era realmente muito longe e a urgência maior ainda. Os oito mil quilômetros em doze horas acrescidos aos seiscentos e cinquenta em oito era como se a vida morresse no ponto de partida e voltasse a existir no ponto de chegada. Muita coisa em jogo na mente e na memória. Não era racional é o que pensava quando se deu conta no meio da jornada, ora seguro de que estava fazendo a coisa certa, ora confuso porque saíra de sua estrita nova rotina de vida de não olhar mais para trás. Um ressuscitado caindo de paraquedas era realmente como se via.

Passou a se lembrar de que coerente não era também a trajetória de vida que o levara para tão longe de onde nascera e passou a observar a paisagem na janela lateral do ônibus, vendo voos de pássaros, pastagens, cidades, igrejas e cemitérios. Tudo tão normal. E aos poucos foi sentindo uma sensação antiga de que tudo aquilo que passava pela estrada lhe pertencia e que fazia parte de tudo aquilo. Se atendera prontamente ao chamado da irmã, não era apenas por ela ou pelo sobrinho que estava por vir, mas, acima de tudo, pela própria necessidade de estar ali, naquele momento, fugindo de algo que morrera a doze horas de jato mais oito de ônibus, e que ainda não compreendera, apesar de todo o conhecimento adquirido lá fora que o

108

transformara em algo completamente diferente da paisagem que agora vê e que outrora fora sua.

Precisava sentir aquele calor, aquele cheiro de terra roxa, aquela estagnação de gado pastando e quilômetros de plantação de cana de açúcar, cujo cheiro se confundia com o próprio cheiro do estrume das vacas e dos bois. No entanto, sentia a necessidade daquele aconchego de gente, sensações e odores que conhecera bem antes do que havia se tornado na gélida paisagem ao norte da América do Norte e cujos cheiros, sensações e gente eram outros, nem melhores nem piores, mas confortavelmente iguais. Nisso, ocorreu-lhe uma frase que ouvira em uma canção de Gil, "se eu ando o tempo todo a jato, ao menos aprendi a ser o último a sair do avião", e os dois hemisférios de sua mente passaram a querer se comunicar um com o outro. Um lado precisava entender o outro para chegar a um lugar em comum. Sem negação. O que era jazz em seus ouvidos agora são músicas sertanejas que ouve ao seu redor enquanto o ônibus avançava até a barranca do rio Paraná que já não mais existe. Desceu na rodoviária e, curioso com a estranha paisagem do inchado corpo do rio, caminhou assombrado alguns metros para vê-lo de perto.

O porto Epitácio não era mais o mesmo. Nada ali era mais o mesmo. As águas haviam inundado a sua infância, o seu playground. O que era o Figueiral, com suas frondosas figueiras e a comprida praia de águas doces, gentes na areia em trajes de banho, crianças, música no megafone, famílias se reunindo em churrasqueiras debaixo das sombras, tão igual ao que vimos em filmes americanos em seus *barbecues* e com medo do tubarão do Spielberg – ali no sul o filme de terror algo do gênero B sensacionalista como o ataque das piranhas assassinas –, agora era algo que vivia na memória do passado submerso há alguns metros debaixo daquele enorme corpo de água que vira à sua

Téo Lorent

frente. Sentiu um frio na espinha quando se viu diante da estrada que antes o conduzia ao porto do rio que, além de abarcar navios, chatas para o transporte de madeira e gado e os pequenos barcos de pescadores, servira como palco de seus primeiros saraus, namoros e músicas de protesto durante sua juventude. Suas pernas amoleceram ao ver apenas alguns metros daquela estrada descendo em direção ao nada de um rio em que não se conseguia sequer enxergar mais a sua outra margem. Só com equipamento de escafandrista poderia outra vez visitar a paisagem que pintara a sua infância.

Caros condomínios cercados circulavam a nova alta encosta do rio, cuja corrente se apressava mais devoradora de gente do que fora quando engolia crianças malcriadas e que não respeitavam as deusas das águas e que morriam afogadas quase que semanalmente em suas travessuras aquáticas, mentindo que iam jogar bola para ir nadar no rio escondido dos pais, que o temiam mais que a Deus. Só então, depois de se acostumar com a verdade profética que ouvira nos tempos remotos de homens que trocam gente por represas e de sertões que viram mar, é que foi até o ponto de táxi e se dirigiu à casa da irmã, já com a gravata, paletó na mão e camisa desabotoada, pois o mormaço, a umidade, o frio na espinha e as pernas moles fizeram com que finalmente aterrissasse e sentisse de novo o verdadeiro pó de sua própria terra. Estava de volta à casa como um personagem de uma música antiga de retrato amarelado na parede, sem direito ao aceno do rabo branco e marrom de seu cão com os olhos lacrimejados por uma tristeza milenar que fielmente o aguardava de jornadas bem menores quando ainda era jovem e fora estudar na capital paulista.

Não era domingo, mas a família toda se encontrava reunida na casa da irmã esperando duas chegadas: a primeira do único filho homem e a segunda do primeiro neto homem. Uma bagunça

110

O homem bumerangue

caótica e organizada entre tias, agregados, primas e primos na cozinha, e tios e amigos na churrasqueira e esparramados pela varanda, pai e mãe orquestrando tudo como ouro de mina e um tal de bate mão e bate pé e bate pé e bate mão e bate na sola da bota ecoando pela casa que, um lado da mente de Renato, tão carente de toda aquela confusão e convívio familiar, fez com que o outro lado, que nascera no exterior em outro idioma e ritmo de vida, entrasse na festa e se entregasse por completo nessa experiência renovada, fazendo-o sentir-se por inteiro ali, pelo simples fato de não ter mais que se preocupar com os acontecimentos que lhe afligiam lá fora. Era um alívio estar ali rodeado de tanta gente que o amava de verdade, pensou e disse isso à irmã quando finalmente se trancaram juntos em seu antigo quarto, abraçados e protegendo um ao outro da mesma confusão que tomava conta da casa.

Eram muito unidos. Não por menos, eram gêmeos. O pai engenheiro trabalhava na Bolívia quando ambos nasceram. A mãe quase morrera tentando dar à luz próximo a uma aldeia indígena na selva amazônica boliviana durante uma epidemia de malária. Reza a lenda, da mãe, que se não fosse pela combinação dos conhecimentos da médica norte-americana, cujo nome era Renata, e uma benzedeira indígena, chamada Iraí, nem ela nem as crianças teriam sobrevivido. Quando, dias depois, despertou diante dos olhos de Iraí que a abanava com uma folha de mamona, só queria saber do paradeiro de seus filhos. Iraí os trouxe até ela, colocou cuidadosamente um em cada lado na cama e ficou observando ao longe, na barraca do acampamento, o choro dos três. Somente depois que o pai entrara no quarto improvisado é que a mãe finalmente soubera que a médica havia morrido e que talvez o menino não sobrevivesse por causa de uma doença cardíaca congênita. A mãe não pensou duas vezes

111

e disse que as crianças iriam se chamar Renato e Renata. E, acatando aos conselhos de Iraí, a mãe e o pai fizeram um juramento que observassem o comportamento da menina e que ela seria o termômetro para qualquer coisa que pudesse acontecer ao garoto. Os pais, ainda assim, temendo perder os dois, esforçaram-se para aumentar a família. Porém, mais filhos não vieram. E nada do menino Renato morrer. Vingou e foi para longe. A menina ficou perto, não só por amor aos pais, mas como termômetro de vida do irmão.

E era isso que falavam os dois ali com o sol beirando o meio-dia e invadindo uma fresta na janela, ela assustada e agarrada no travesseiro, e ele acariciando sua barriga, confortando-a e dizendo humorado, "chegou a sua hora, você não está sozinha, eu ainda estou aqui, prometo que não deixo você ver uma gota de sangue e, se doer qualquer coisa, estarei segurando a sua mão, é só apertar que eu aperto o médico também, e vamos sair disso juntos com o danadinho que está aí dentro e, se o cara escolheu vir para ficar com a gente, vamos recebê-lo". Renata sorriu, puxou o irmão para junto dela e proferiu a palavra mais importante que existe no mundo: "obrigada". Nisso, pai-e-mãe--ouro-de-mina-orquestradores-da-festa bateram na porta, entraram, trancaram a bagunça do lado de fora e pularam em cima deles aos beijos como crianças que brincam de guerra de travesseiro, dizendo animadamente: "vamos aos netos?".

Findado o parto, o nascimento, a farra inicial e já na realidade das trocas de fraldas que se iniciava na nova rotina da irmã dentro do planejado e sem surpresa alguma com um belo garoto saudável, Renato resolveu passar uns dias no sítio do pai e repensar sobre o regresso, tanto de um lado como do outro que se encontrava. Não antes de ter passado um dia inteiro com seu primo Xexéu, navegando em um barco a velas em plenas águas fluviais, momento em que o primo conduziu a pequena embarcação até o ponto em que a sua infância jazia debaixo d'água, e lá ficou prostrado por horas olhando o próprio reflexo como se pudesse resgatar seu passado ali. E só ergueu o olhar para o sol quando seu primo falou: "tá tudo ainda aí, meu primo, agora olhe para o horizonte que é sempre novo".

Ali na varanda deitado na rede e olhando o horizonte infinito com seus verdes montes baixos em meia-laranja, uma árvore aqui e outra acolá como em um cerrado, percebeu que pouco havia mudado longe do rio. Dentro da casa, ficaram até os discos de vinil que seus pais haviam guardado na mesma estante do seu quarto empilhados ao lado da antiga vitrola Grundig e pôsteres de bandas e músicos espalhados pelas paredes onde até o cheiro o remetia a uma era que parecia se encontrar logo ali na esquina do tempo, como uma página anterior de um livro de pintura. O pai caminha em direção à casa vindo pela estrada de terra, acompanhado por três cães, um velho e dois novos, e saindo de um velho galpão cheio de maquinário. Ao se aproximar da varanda, tira o boné surrado da cabeça, esfrega o suor da testa com as costas da mão, apoia um pé sobre a varanda, as mãos cruzadas sobre o joelho, sorri e lhe pergunta se dormiu bem. "Acordei de um sonho estranho", respondeu, referindo-se ao gosto de vida e morte ao despertar no quarto do passado fielmente preservado como se fora um agouro ou mera maluquice da cabeça dos pais em manter um altar para um ente partido. O pai caiu na gargalhada e foi se sentar na cadeira de balanço.

– Não, meu filho! A casa sempre foi grande e nunca precisamos mexer lá. Aliás, sempre que aparecem uns amigos seus por aqui, eles adoram ficar uns dias naquele quarto e foi ideia da sua irmã deixar daquele jeito porque sempre achava diferente e legal.

– Não, pai, não achei nada de mal, só achei estranho...

– Mas que você iria voltar, iria.

– Voltar eu voltaria. Pelo menos para visitá-los.

– Todo mundo volta.

– Você nunca voltou para o seu país.

– Mas o meu país não existe mais. Não como era na minha infância.

– Nem o meu.

– Tem certeza? Este lugar que você pisa é um lugar muito novo na face da Terra...

– Quem diria, hein, pai! Até você que sempre foi pragmático caiu no esoterismo da mãe? Estou vendo que andam muito isolados vocês dois aqui no sítio desde que Renata casou e ficou na casa da cidade.

– Se bem que sua mãe sempre teve razão com seus assuntos esotéricos e, inclusive, quando ela joga o tarô, é batata, acerta tudo. Demorou muito para o mundo acordar e perceber que a sustentabilidade da mãe-terra seria a verdadeira moeda de troca. E você sabe que, desde que me aposentei, resolvi investir tudo aqui e que a minha intenção não era depender mais da cidade.

– É verdade. Você e a mamãe sempre gostaram do campo e de viver longe da multidão. Lá fora também as pessoas estão fugindo dos centros urbanos. Não sei se acostumaria com esse tipo de retrocesso.

– Depende do ponto de vista, filho. Se é algo que há dentro de você e que fez parte de você, não há por que chamar isso de retrocesso. O que coletou na estrada servirá para aquecê-lo em algum inverno futuro, ou mesmo para protegê-lo do mormaço do sol.

– Estou começando a sentir uma teoria conspiratória de sua parte para que eu fique.

O homem bumerangue

– Não, filho! É explícito mesmo – disse o pai aos risos. E continuou – depois de uns dias comendo o que estamos produzindo aqui mesmo e desintoxicando a sua mente, verá que o que colheu lá fora já é o suficiente para semear por aqui. À tarde, vou lhe mostrar o que estou fazendo com aquela geringonça que você está vendo ali no galpão.

No início, Renato sentiu que de alguma forma a índia Iraí havia afetado o seu pai profundamente, quando a viu abanando sua mãe com uma folha de mamona, para justificar todo aquele maquinário voltado à extração do óleo. Mas acrescentou uma dose das influências da mãe sobre o pai com suas alquimias esotéricas de ervas e bem-estar espiritual do ser com a natureza e, ao colocar apenas esses dois pensamentos juntos, sorriu. Observou mais atendo a explicação que o pai dava sobre a engenhoca e percebeu que ele também não passava de um mero produto de seus pais. Chegou a se sentir um tanto idiota por correr atrás de coisas tão longe, enquanto eles corriam atrás de coisas bem mais além sem tirar os pés da terra onde haviam fincado há tantos anos. Sentiu-se leve ali sentado em uma viga de madeira, calçando botas, entre uma cerveja e um gole de cachaça, ouvindo atentamente seu pai descrever cada processo de um projeto que cuidara com um afinco que jamais imaginara ter durante a tarde até o anoitecer e, já bêbados, ouviram a mãe dizer "já pro banho", enquanto entravam na cozinha e foram pegos laricando pelas panelas antes de o jantar ser servido ao seu modo.

Céu claro e cheio de estrelas na varanda depois do farto jantar, Renato na rede, pai na espreguiçadeira e mãe na mesinha abrindo o tarô.

– Vejo uma mulher na sua vida, disse a mãe virando uma carta.

– Você sempre viu mulheres na minha vida sem precisar recorrer às cartas.

Téo Lorent

– As cartas estão bem claras na minha frente, diga-se de passagem, bem objetivas, hein... aqui, filho! Vem ver, olha aqui a Imperatriz, junto com a carta dos Amantes e Seis de Copas, sabe o que significa isso?

Renato se levanta da rede, puxa uma cadeira e se senta com os cotovelos apoiados no encosto bem ao lado da mãe com um ar de curiosidade e incredulidade.

– Significa que vai aparecer uma mulher do passado. Alguém por quem você vai ter interesse e vai ser correspondido.

– Como assim correspondido?

– Vamos abrir mais cartas... nossa! Que é isso, que coisa grave! Vamos abrir mais...

– Que foi, mãe. O que você está vendo aí? Isso já está me assustando.

– Filho, a carta da Morte...

– O quê, carta da Morte?

– Se fosse só a Morte, né filho, que significa transformação, tudo bem. Mas, está junto com o Três de Espadas... e isso é morte física mesmo. Olha a Torre aqui, não tem como.

– Mãe, para com isso. Isso realmente está me assustando...

– Veja bem com quem você vai se meter, hein. Ou o que esta mulher pode trazer com ela... – diz isso, embaralha rapidamente as cartas, envolve-as em um lenço violeta repleto de símbolos estelares e as coloca cuidadosamente dentro de uma caixinha de madeira.

– Não devia ter mexido nisso e falado dessas coisas com o Renato, mulher!

– Não, pai, está tudo bem. Prometo. Já me recuperei.

– E a minha neta, quando ela virá nos ver?

– Não quis interromper as aulas dela. Não sei ainda se vamos mudar de cidade, mas por enquanto acho melhor ela passar este tempo junto com a avó e o avô dela. Isso tem ajudado muito eles. Não sei, assim que decidir algo, prometo que viremos juntos visitá-los novamente.

– Vou dormir que amanhã cedo vou buscar os cordeiros para o churrasco lá no sítio do Alemão – disse o pai empurrando goela abaixo o derradeiro gole da sua cachaça caseira.

Renato voltou à rede, recebeu um beijo e uma manta da mãe.

– Não encana com isso que eu falei não, filho. As coisas vão se resolver. Disso eu sei – disse a mãe beijando-o outra vez e acariciando seus cabelos antes de se retirar.

Renato permaneceu ali na rede até tarde debaixo daquele cobertor estrelado da noite clara e viu uma luz de um jato piscando no céu indo em direção ao norte. Sentiu-se como se nunca estivesse saído dali e achou estranho demais tudo aquilo que a mãe profetizara. Foi até a sala, reabasteceu fartamente um belo copo de cachaça, apossou-se da garrafa, colocou um disco do Black Sabbath da época do Ozzy para tocar, mas trocou em seguida pelos mineiros do Clube de Esquina, voltou a admirar o chão de giz roxo iluminado pela clara noite e, acalentado naquela esquina do mundo, deixou de querer fugir para um outro lugar, mesmo que a asneira da mãe ainda o cutucasse vez ou outra madrugada adentro.

Amanheceu na rede ao som da nascente, vendo o dia chegar. O cheiro do café invadia a cozinha e logo já estava seu pai com a caneca na mão, invadindo a varanda com ar renovado dizendo bom dia.

– Se puder me esperar cinco minutos para um banho eu vou com você buscar o cordeiro – disse ao pai, retribuindo o bom dia com a mesma energia.

– Esse é um país livre, leve o tempo que precisar que hoje é dia de festa, só quero ver se vai aguentar – respondeu o pai estirando

Téo Lorent

os braços aos céus enquanto cruzava o jardim para adiantar alguns afazeres ao redor da sua fiel churrasqueira.

No trajeto de sete quilômetros em estradas vicinais, divertem-se lembrando histórias do passado. No caminho o pai ainda tenta ver se o filho realmente se recuperara da morte de sua mulher há mais de um ano, mas sem pressioná-lo, reafirmando que nada mais importava agora e que a coisa mais importante era que a sua neta, que ainda estava no exterior, viria logo e se o Alemão tinha preparado bem os cordeiros, porque o batizado prometia ser um grande evento para todos. Aliás, a chegada do neto ainda era motivo para muita celebração.

Mas, ao chegar ao sítio, a primeira visão que teve foi de uma linda cordeira dos céus cavalgando sobre um grande alazão, com seus belos cabelos negros soltos ao léu e esvoaçando sob um chapéu de couro, jeans apertado sob as longas botas que vinham até a altura dos joelhos, camiseta branca e fartos seios sob uma camisa xadrez de flanela e se aproximando da camionete para abrir a porteira. Quando emparelhou o cavalo com o carro e colocou o rosto próximo à janela de seu pai para recepcioná-lo, ele ficou enfeitiçado com o rosto desta morena dos olhos d'água e lábios de mel, que seu queixo quase fora ao chão.

– Esta é a filha do Alemão – disse o pai com uma naturalidade habitual e agreste. – E este é o meu filho Renato, completou.

– Nossa, Renato, como você mudou! – Disse a cordeira.

– Como assim, mudou, você já o conhece? – Exclamou o pai.

– Vagamente quando era menina. Lembro-me de uma vez quando o pai veio visitá-lo e se encantou por essas bandas. Eu tinha entrado no quarto dele para mexer nos discos e ele acordou muito bravo e pediu para tirar aquela menina de lá...

Renato que ainda permanecera mudo e extasiado sem tirar os olhos da cordeira foi interrompido por um safanão do pai no ombro.

O homem bumerangue

– Você não está ouvindo não, rapaz, que houve...

– Não me lembro...

– Eu era muito novinha, você não ia se lembrar. E depois foi embora, foi para a capital.

– Como é o seu nome mesmo? – Disse Renato, já esboçando um sorriso amarelo para a cordeira e com as bochechas coradas como rabanetes sob os profundos olhos verde-mar.

– Valéria.

– Valéria. Se quiser ver os meus discos, eles ainda estão lá. Eu mostro para você.

– Vixi, o homem acordou – disse o pai entre risos com a moça.

– Danadinho esse seu filho aí, né? Nem rezou a missa ainda e está cheio de pais-nossos... deixa eu abrir a porteira que o pai está esperando vocês lá em casa com aquela pinguinha dele e os cordeiros já estão temperados desde ontem no vinho e ele escolheu os melhores – disse isso descendo do cavalo e caminhando em direção a porteira.

– Nossa, que bunda, pai!

– Realmente, filho! A menina virou uma potranca...

– Que é isso, pai! Vou contar para a velha.

– Pode contar. Aí é que ela vai gostar mesmo deste velho safado dela e o bicho vai pegar.

– Vocês dois nunca tiveram vergonha mesmo, né?

– E para quê? Olha você aí já todo embasbacado com a filha do Alemão.

– Ela é casada?

– Não. Ou melhor, acabou de se separar de um malandro que ela conheceu aí na cidade e que queria dar o golpe na coitada. Se bem que era um golpe bom porque a mulher não é feia, muito pelo contrário. Mas o cabra não era tão cabra assim e foi pego com outro cabra ali mesmo no curral. O Alemão pegou os

cabras com as calças arriadas e os mandou embora. A menina
não quer saber de mais ninguém porque só tem aproveitador por
estas bandas e ela não gosta muito de sair daqui. Você não vai
me fazer nada de errado com esta menina senão você vai embora e eu e a sua mãe vamos ter que aguentar as lamúrias da
coitada enfiada lá em casa, hein?

– Vou nada, pai. Mas que daria um bom caldo, daria...

– Estou vendo que você já está recuperado e que até o bom
português está voltando no meio desse seu sotaque de estrangeiro que você pegou... bom caldo... – disse o pai rindo.

– Fica tranquilo, meu velho.

Renato e seu pai voltaram para o sítio com travessas e mais
travessas de carne de cordeiro e com a cordeira na cabeça. Ao
chegar, a família e os amigos já haviam se reunido e o som do
bate bota e bate pé estava comendo solto. E em meio a afazeres
no meio da tarde, já com a churrasqueira ligada, Renato perguntou à mãe que horas iriam à igreja para o batizado, vendo que as
pessoas chegavam ali de tudo quanto é lugar e ninguém esboçava
qualquer interesse de que dali partiriam para uma igreja com o
teor alcoólico que muitos já ilustravam nos largos sorrisos. A mãe
lhe explica que o batizado será realizado ali mesmo no sítio e que
a mãe-de-santo já estava chegando com os preparativos finais.

– Então ele vai ser batizado no candomblé? – Perguntou Renato.

– Não, meu querido. Bem, vai ser no candomblé... também.

– Não estou entendendo... sei que você gosta de muita coisa,
mas no candomblé?

– Nossa, filho, quem o escutar falando desse jeito vai pensar
que criamos um filho preconceituoso e que foge aos nossos va-
lores, e que por sinal são muitos e você sempre soube disso. Não
sei como você vive lá fora no meio a tantos protestantes, mas

aqui vai ser no candomblé e também em todas as religiões que temos disponíveis por perto, aqui na nossa região.

– E o que a Renata acha disso?

– O marido da Renata você sabe, o seu cunhado é maçom e adora um pouco de tudo. A Rê é rosa-cruciana há muito tempo e já está chegando com o pessoal lá do templo dela com o meu neto. Eu consegui o padre Bento da paróquia, o seu Tobinaga da Seicho-No-Iê, o seu Ahmed que é muçulmano e que vem com o maior carinho dar a bênção com toda a sua família, a dona Sara e o seu Zacarias que não é rabino, mas que fará às vezes de um e, quem mais mesmo, o pessoal do templo budista, do centro espírita, ah, a família do Cigano, lembra dele? Você vivia no bar dele tocando violão e jogando sinuca com o filho dele, hoje o menino é um grande advogado na capital e orgulho para todos nós, outro dia ele esteve aí com a família e perguntou de você, vocês eram grandes amigos...

– Mãe, que é isso! E seu neto virou um Messias? Você não está exagerando não?

– Claro que não, meu lindo. E é apenas mais uma criança da comunidade e toda criança que nasce deve ser abençoada por todos. Isso é uma celebração e todos ficaram encantados com o convite para nos harmonizar juntos, esta é a nova consciência. E como o meu neto é filho de Xangô como você, que nunca se queima, faremos o ritual do candomblé para a festa de Xangô que é linda e depois vamos todos continuar nos divertindo.

– Pai, o que você acha disso?

– Você sabe o que eu acho disso. Se digo que sou ateu, todos me condenam. Agora você sabe, todas as religiões para mim são como a música, tem para todos os gostos. Ouvir um único gênero de música é algo que me cansa. Ah, filho, você sabe, para mim aqueles que se prendem muito com o negócio da religião sem se importar com os demais são limitados. Você sempre ouviu todo o tipo de música no último volume desde bandas de rock que falavam do diabo, que para mim não passava de música de halloween, até umas músicas brasileiras muito legais que falavam de tudo, e eu achava isso produtivo porque abria os seus horizontes. Afinal de contas, o deus de todos é um só, são suas versões que mudam de acordo com o gosto de cada um. A música é uma coisa só, não é? E eu como estrangeiro, você sabe, acho essa coisa do batuque brasileiro algo muito bonito, e essas festas todas regionais...

– Está bem, está bem, vocês me convenceram. Tem razão, é tudo muito bonito mesmo, eu é que estou um pouco fora do contexto. Besteira minha.

– Melhor assim. Aliás, levei um susto! Pensei que havia mudado completamente, meu filho – disse a mãe, beijando-o na testa.

– Aliás, tudo isso vai ser muito interessante e divertido – disse isso olhando para uma camionete chegando e trazendo o Alemão e a filha. – Lá vem a cordeira – emenda.

– Que papo é esse de cordeira? – Pergunta a mãe.

– É uma longa e curta história – responde o pai, tirando um pedaço de carne da churrasqueira e colocando no prato da mãe.

– Filho, lembra-se das cartas que vi ontem... não será essa menina? O ex-marido dela anda por aí mordido da vida...

– Que é isso, mãe, deixa de besteira! Não vai acontecer nada entre mim e a cordeira, mas que ela é linda, ela é... – disse isso e foi hipnotizado ao seu encontro.

Depois de vários batizados, a festa seguiu noite adentro com uma fogueira enorme montada no meio do pasto. Todos ao redor para o ritual de Xangô em que as pessoas com seus santos recebidos rodeavam a fogueira ao som do batuque que junto à fumaça ganhava os céus. Renato preferiu ficar um pouco afastado, olhando de longe todo o ritual e achando aquilo tudo muito peculiar. Valéria, apareceu na varanda e o olhou de longe. Perguntou aos acenos se ele queria mais uma bebida e ele fez sinal que sim. Ela se aproximou dele com a bebida e esfregou sua mão no próprio braço para espantar um pouco do sereno da noite. Renato olhou para o seu ombro e a abraçou firme ao seu corpo olhando a fogueira e o ritual a pouca distância. Desviou o olhar do ritual e deu de encontro com o brilho da fogueira refletido nos olhos d'água de Valéria, quase colados aos seus. O som do batuque parecia sumir ao fundo dando lugar ao silêncio do som oco de seus corações, batendo um no outro em seus peitos apertados. De repente, o silêncio foi quebrado com o grito de uma mulher que corria em direção a eles com trajes de candomblé e um tacho de barro em chamas na mão que o despejou sobre os dois proferindo palavras em nagô.

– Que merda é essa?! – Exclamou Renato todo lambuzado com uma gosma grudenta.

– É frango com quiabo! – Respondeu Valéria depois de provar o conteúdo, rindo muito e esfregando a mão em seus cabelos, rosto e ombros.

– Pelo amor de Deus, vamos lá dentro lavar isso! – Disse Renato, indignado com a meleca.

Mas, quando tentou se virar para ir em direção a casa, Valéria o puxou pelo braço e lhe lascou um beijo efervescente. Renato não resistiu e continuou a beijando com tanto vigor e, como gatos se beijavam e se lambiam entre risos, olhares, abraços fervorosos e longos beijos, rodopiaram como dois felinos se amando como os animais e despercebidos saíram rolando no escuro do pasto.

– Vamos embora daqui agora – disse Valéria.

– Para onde?

Téo Lorent

– Vem comigo. Vamos para aquele motel velho na beira da estrada assim mesmo. Entraram na camionete e saíram em disparada, deixando apenas o pó da estrada para trás. Lambuzados entraram no quarto de motel ainda se beijando e já se despindo antes mesmo de fechar a porta por completo, entraram na ducha e, debaixo d'água continuaram o ritual de gatos no cio se lambendo em cada canto de seus corpos. Saíram da ducha se arrastando e rolando no chão até chegar à cama, com ele a puxando e ela se agarrando com suas garras no lençol até pegar o travesseiro. Passou a rir e a batê-lo com o travesseiro, empurrando-o com as pernas. Ele pulou em cima dela, esticou seus braços, prendeu seus pulsos com as mãos, aproximou seu rosto junto ao seu, abriu suas pernas com seus joelhos e... ao tocá-la, seus braços saltaram e uma mão acertou um botão que ligou a televisão no último volume com sonoros, "yes, oh, yes, oh, yes" do filme pornô. Renato bateu no botão para tentar desligá-lo sem tirar os olhos dela e na porta do gol, mas a televisão mudou de canal e ecoou um noticiário: "Interrompemos a nossa programação para informar que o cantor sertanejo Nazareno, da dupla Nazaré e Nazareno acabou de falecer...".

– Não! – Gritou Valéria, soltando-se de Renato.

– O que houve? O que eu fiz? – Perguntou Renato, assustado com o berro da cordeira.

– Não é com você, mas o Nazareno morreu. Meu Deus eu gostava tanto dele – disse aos prantos e agarrada ao travesseiro.

– Nossa, menina, assim você me assusta – disse isso mais calmo e foi abraçá-la beijando-a no ombro. E emendou – Vem cá, vem? Vamos continuar onde a gente parou?

– Como é que você pode me pedir para continuar agora, eu não consigo, olha lá na tevê, eles estão mostrando os seus

124

shows. Ele era maravilhoso! Olha, escuta essa música dele, "Meu amor, eu te amo para sempre desde que você partiu", – cantava Valéria junto com a tevê. – Por favor, você não pode ser insensível nesta hora – dizia ela entre soluços, nua e aos prantos.

– Eu insensível? Mas o cara tinha que morrer justo agora! – Exclamou Renato.

– Ah, pobre Nazareno – gritava Valéria afundando as mágoas no travesseiro.

Renato olhou para a tevê, voltou o olhar para Valéria, pegou-a pelo ombro e a trouxe junto ao seu peito.

– Tudo bem, pode chorar. Fica aqui no meu colo.

– É que eu adorava a música dele...

– Tudo bem...

Ficaram ali deitados nus ao som do noticiário ouvindo músicas após músicas do cantor sertanejo morto. Olhando para o reflexo do seu retrato no desbotado espelho do teto com a bela dama aconchegada ao seu corpo e já dormindo, Renato esboçou um sorriso irônico ao pensar nas cartas de tarô que a mãe lera na noite anterior e concordou com o pai. Ela nunca erra nas cartas, nós é que interpretamos da nossa maneira.

Assim que o dia amanheceu, Renato a levou para casa, deixou-a na varanda de seu sítio, ainda a viu no retrovisor do carro acenando e seguiu pela estrada de terra roxa deixando poeira para trás até chegar em casa. Viu o pai acordado deitado na rede com seus três fiéis cães ao lado tomando café. Perguntou ao pai se o café ainda estava fresco e ele respondeu que acabara de passar. Entrou, pegou uma xícara grande de alumínio, voltou à varanda, sentou no degrau da porta, olhou para o galpão ao longe, contemplou o horizonte e disse:

– O céu amanheceu limpo hoje. Parece que não chove.

– Agora de manhã, não. Mas no final da tarde vai cair um pé d'água daqueles.

– Vamos lá, então, me mostra aquele maquinário todo.

– Demorou.

Saíram os dois em direção ao galpão com os cães os acompanhando e conversando.

– Você chegou a ouvir no rádio que morreu um cantor sertanejo famoso? – perguntou o pai.

– Ouvi sim, não tocou outra coisa no caminho para cá.

– Vai ficar que nem esses famosos que morrem por aí e que não passa outra coisa na televisão quando isso acontece.

– Pai, será se sua neta vai gostar de andar a cavalo?

– Demorou. Toda criança gosta de novidades... inclusive você...

– ... e você também...

O
Marido

No Consultório

Dr. César: Dona Hortência, por favor, finalmente pode mandar entrar o novo paciente... Obrigado.

O Marido: (entrando na sala) Boa tarde, doutor César.

Dr. César: (cumprimentando-o) Boa tarde, Mário. Por favor, sente-se.

O Marido: Achei que você iria mandar eu deitar direto no divã.

Dr. César: Que é isso! Sente-se. Vamos conversar um pouco primeiro, afinal de contas é a sua primeira visita aqui.

O Marido: O senhor tem razão. É que realmente ando meio ansioso e já quero ir direto ao assunto e acabo me precipitando...

Dr. César: Isso é normal. Todos nós nos precipitamos um pouco. Ontem eu mesmo tinha certeza de que o Palmeiras iria voltar a ganhar e apostei com um colega... seguro de que ganharia...

O Marido: Mas aí é se precipitar demais, o senhor há de convir...

Dr. César: É a primeira vez que visita um psicanalista? (começa a tomar notas).

O Marido: É sim. Meu clínico geral que me disse que eu precisava de uma ajuda mais específica e que isso viria a me ajudar muito.

Dr. César: Ajudar muito no quê?

O Marido: Estresse do trabalho, doutor. É uma situação difícil para eu admitir, mas é que ando muito deprimido e cansado.

Dr. César: Realmente, o estresse do trabalho afeta muito a gente em todos os sentidos. E a família?

O Marido: Olha, até agora consegui manter tudo sob controle. Todo mundo acha que eu estou bem. Faz parte do meu trabalho não deixar transparecer nada, e isso é exatamente o ponto que eu acho que está me incomodando. O meu trabalho me força a não deixar transparecer nada.

Dr. César: Mário...

O Marido: ...pode falar.

Dr. César: Claro... (reclina-se na poltrona) Que tipo de trabalho você faz?

O Marido: Eu sou Marido.

Dr. César: Você é casado?

O Marido: Não, eu não sou casado. Por incrível que pareça... Aliás, sempre quis ser casado, mas nunca deu certo com a pessoa que queria e resolvi ser Marido. Foi assim que fui trabalhar na Agência.

Dr. César: Como assim, não estou entendendo.

O Marido: Bem é meio difícil explicar, estou vendo que o senhor ainda não conhece essa profissão, ou melhor, não precisou desse tipo de serviço. Mas eu trabalho como Marido.

Dr. César: Como, trabalha como Marido? Ah, sim, entendo... Você trabalha em casa, como a mulher que sempre trabalhou em casa. Então, você faz as funções de marido. Sem dúvida. Tenho vários pacientes que trabalham em casa com a internet e não precisam mais ir aos escritórios, então aproveitam para cozinhar, fazer os afazeres domésticos, cuidar das crianças etc. É isso?

O Marido: Mais ou menos, doutor...

Dr. César: Então seja mais específico.

O Marido: Eu navego na internet, acompanho diariamente a bolsa, os noticiários e me mantenho constantemente a par de tudo que está acontecendo no mundo, como um bom Marido deve fazer. Fico na casa por alguns dias, coloco tudo sob controle e em seguida saio para trabalhar de novo. Em outra casa.

Dr. César: Ainda não entendi.

O Marido: Doutor, eu trabalho de Marido. Literalmente. Sou contratado para cuidar de três casas, no máximo. Sabe como é, né? Direitos trabalhistas, horários a serem cumpridos, sindicato, carteira assinada, INSS, planos de seguro. Dentro dos limites de prestação de serviços.

Dr. César: Ou seja, você trabalha realmente como amante e com carteira assinada...

O Marido: Que é isso, doutor. Não é por aí. Com todo o respeito à classe de prostitutas, que eu pessoalmente acho que deveria ter os direitos garantidos, até com o apoio da igreja se for o caso, aliás foi uma prostituta que limpou o rosto de Jesus, coisa que ninguém teve coragem de fazer... Se é que não foi a própria mulher dele, a Maria Madalena, que depois a chamaram por séculos de prostituta. Sem desmerecer de novo, mas, perdão, isso não vem ao caso. Eu faço o trabalho de Marido mesmo. Cumpro o horário e cumpro o contrato. Sou descendente de italiano e contrato deve ser cumprido e meu pai era muito trabalhador. Tenho três esposas para cuidar no contrato. Letícia, Ana Cláudia e Patrícia. Rio de Janeiro, São Paulo e Brasília. Despesas aéreas pagas pela Agência, é claro, incluindo o táxi até as casas.

Téo Lorent

Dr. César: (Levantando-se da cadeira e indo em direção à janela) Com todo o respeito, Mário. Você é meu último paciente nessa tarde de segunda-feira, um dia morto em que simplesmente iria voltar a casa, tomar um banho, jantar com minha esposa, pesquisar um pouco o livro que estou escrevendo e... continuar tudo dentro do normal. (pequena pausa). Depois do que você me falou, isso não vai ser possível... Como seria sua primeira visita, achei que iríamos conversar um pouco e pronto... Mas isso vai ser impossível... Como Marido? Quer dizer que há uma profissão para isso, também? Você poderia ser o Marido também da... minha mulher... ou ela poderia ter um contratado em casa, sem que eu soubesse?...

O Marido: Calma, doutor. Já falei para o senhor: não é amante, essa coisa escondida que as pessoas fazem, aliás, também na cara dura, não é. Que se emocionam, fazem merda com a vida, estragam lares, rompem com famílias... Sofrem depois sozinhos... Não é nada disso. Deixe-me que lhe explique com mais calma.

Dr. César: Temos tempo...

O Marido: Eu sou contratado para ser o Marido de mulheres que não têm marido e que precisam do marido por um tempo, mas que depois levam suas vidas sozinhas. Alguém para quem elas possam chegar em casa e estar ali esperando ou, mesmo o contrário, às vezes simplesmente saem do trabalho e querem ter alguém para preparar um jantar e não ter que comer sozinhas, sem ter com quem conversar, e por aí vai. Eu, pessoalmente, não sei que tipo de necessidades as mulheres estão tendo em relação a Maridos. Converso pouco com o pessoal da Agência. Às vezes, escuto exigências absurdas, as quais eles têm que se submeter. Mas no meu caso, como sou um dos funcionários mais antigos da Agência, não tenho por que me preocupar. Sirvo

130

minhas Esposas há pelo menos vinte anos. Acompanho o crescimento das crianças... inclusive, fui avô no mês passado e isso me encheu de alegria. Minha própria filha, ou melhor, a filha da Esposa, a qual sirvo há exatos vinte anos, primeira cliente e que durou até recentemente, aliás até sirvo de exemplo na Agência a todos os futuros Maridos e dou palestras, então ela chegou a me dizer na hora em que segurei o bebê que ficou muito mais tranquila por ter eu ali ao seu lado naquele momento especial de sua vida. Agradeceu à mãe por ter tido a ideia de ter um pai e depois um vovô ali para o nascimento do filho e que, em homenagem, o chamaria de Mário Filho. Doutor, o senhor não imagina o quanto fiquei comovido... Mas, a partir daquele dia, já não conseguia trabalhar direito. Até o Caio, namorado da minha Esposa, me abraçou chorando, apesar das nossas diferenças.

Dr. César: Sua Cliente, ou Esposa, tem um namorado?

O Marido: Tem. Houve muitos problemas para que tivesse. Eu tive que me opor porque estava no contrato.

Dr. César: Como assim, "se opor porque estava no contrato?".

O Marido: A Letícia quando me contratou acertou um contrato com a Agência com cláusula por ela mesma estipulada. Aliás, os contratos feitos pela Agência são explícitos quanto a tudo isso. No caso dela, se ela tem ou quer ter um amante no futuro, ela tem que estipular isso no contrato, para que eu possa ter uma maneira coerente de agir. Senão complica o meu trabalho. Já imaginou, por exemplo, se eu sou o Marido da cliente X e ela quer um marido que não seja ciumento porque ela não quer perder tempo com essas coisas e é por isso que tenha se separado do marido verdadeiro, ou mesmo o contrário, talvez o marido era uma pessoa que não dava a mínima para ela, e sem nenhum interesse se ela tinha amante ou não, essas coisas devem ser colocadas no papel. Tanto para a própria satisfação do cliente,

Téo Lorent

quanto para a segurança e o bom desempenho do Marido escalado para o trabalho.

Dr. César: Antes de entrarmos mais a fundo no seu trabalho, você disse que está se sentindo deprimido. O que você acha que está te incomodando?

O Marido: Eu sinto que não estou dando conta da coisa, doutor César...

Dr. César: Imagino!!!

O Marido: Não é mais como antes. Como te disse agora há pouco, começou desde o nascimento do Mário Filho. Depois daquela noite de emoção, saímos eu, a Letícia e o Caio dali do hospital, o Caio, meio comovido, queria vir para casa com a gente, mas a Letícia foi catedrática e fez com que o Caio respeitasse nosso contrato. Deixamos o Caio no apartamento dele, fomos para casa, dormimos felizes como verdadeiros avós, ali abraçadinhos lembrando cada detalhe do bebê e da alegria de nossa filha. Tudo assim tão verdadeiro e... tão rápido. Acordamos pela manhã... uma manhã bonita ali na Barra da Tijuca... levei um cafezinho para ela na cama e preparei o café da manhã na varanda. Em seguida, peguei meu voo para Brasília, onde iria ficar uma semana com a Patrícia. A Patrícia trabalha no Itamaraty e, por conta da carreira, nunca quis se casar, por causa das viagens e das rotinas havia me contratado para estar em casa quando ela voltasse. Cheguei cedo, preparei a casa e um jantar a dois. Ela chegava cheia de novidades e eu contava as novidades do país para ela. Eu era o Marido Jornalista dela. Aquele que acompanhava tudo e lia muito e que estava sempre pronto para interá-la de coisas que sem querer passava despercebida por ela enquanto ela estava fora do país. Mas, nesse jantar, eu só conseguia pensar no Mário Filho e realmente não tinha como esconder isso. Estava escrito na minha cara a preocupação e a alegria. Faz parte do contrato nunca falarmos das outras Esposas. Se tivermos problemas domésticos num canto ou no outro, devemos tratá-los como problemas de trabalho. Com a Patrícia eram problemas referentes a um artigo que eu estava escrevendo e que deveria entregar ao editor e coisas desse gênero. Mas, nesse dia, o Mário Filho, seus pezinhos e dedinhos não me saíam da cabeça. Senti uma angústia enorme no peito e uma sensação de pânico. Era como se estivesse a quilômetros dele e da minha filha e, se eles precisassem de mim, não teria como atendê-los. Comecei a me sentir impotente, como pessoa e como tudo. Não era o mesmo deitar ali com a Patrícia e não poder falar do Mário Filho para ela, precisava passar mais tempo com a Letícia. Mas, até estar com a Letícia de novo, teria que passar a semana com a Patrícia e o fim de semana na praia em São Paulo com a Ana Cláudia e os três filhos dela, um de onze, outra de treze e o garotão de dezessete. Com a Ana Cláudia a exigência era maior ainda, por isso que, no caso dela, eu sou o Marido que trabalha com vendas pelo país e pelo exterior e que só tenho tempo de combinar uns finais de semana e, uma vez por mês, passar uma semana também para lidar com as crianças. Quando eles eram menores, o contrato era de duas semanas seguidas, uma com a Patrícia e outra com a Letícia. Mas, como as crianças cresceram, conseguimos diminuir um pouco o turno de trabalho.

Dr. César: Devo admitir que estou chocado. São muitas as responsabilidades.

O Marido: Pois é. Desde o nascimento do Mário Filho então é que a coisa complicou mais ainda. Entrou uma emoção tamanha no meio que não tem como. Passei a correr de um lado a outro e a ligar muito mais rotineiramente para a Letícia para saber do Marinho. Um dia tive que pegar um voo urgente de Brasília ao Rio porque ele tinha ficado doente. O Caio mesmo falou que eu não me preocupasse que ele estava lá para tudo, tentando me tranquilizar. Era tarde, o voo saiu, mas ao chegar no Rio, não tinha teto, caiu um temporal. O voo foi desviado para São Paulo, onde tive que esperar no aeroporto. Como não tinha jeito de voltar ao Rio liguei para a Ana Cláudia, ninguém atendeu. Lembrei que haviam saído para jantar com o ex-marido dela, pois as crianças iriam ficar com o pai naquela semana. Não tinha como voltar a Brasília e não tinha sequer um lugar para ficar que não fosse me hospedar num hotel. Foi aí que bateu a crise de pânico maior. Já sobrevoando o Rio senti o primeiro aperto no coração imaginando que, se acontecesse algo comigo, o que seria do meu netinho. Já no hotel a coisa foi mais grave, achei que iria morrer mesmo e que a camareira encontraria meu corpo ali, já fedendo. Imaginei um funeral com os Maridos lá da Agência. Um monte de gente desconhecida, todos com seus trajes de trabalho e depois todos saindo dali continuando com suas rotinas normais. Foi desesperador, doutor. Fui ver o meu clínico geral da agência, o dr. Rodrigo, em São Paulo. Disse que eu estava bem, mas me aconselhou para que viesse falar com o senhor... que era amigo dele.

Dr. César: O dr. Rodrigo nunca me falou sobre essa agência.

O Marido: Puxa, vejo agora que não faz parte do mesmo plano de saúde.

Em Casa

Dr. César: ...interessante esse paciente, não? E o Rodrigo nunca me falou nada!

Esposa: (limpando os lábios no guardanapo e pegando uma taça de vinho) Sem dúvida.

Dr. César: Dei um calmante e mandei a dona Hortência remarcá-lo para amanhã à tarde.

Esposa: É claro que a síndrome do pânico ainda é um caso que não tem limites.

Dr. César: É. Mas essa história de marido é uma coisa impressionante.

Esposa: Como assim? Impressionante?

Dr. César: E você não acha?

Esposa: César, não vai me dizer que você nunca prestou atenção em um marido?

Dr. César: Espere aí. Como assim nunca prestei atenção em um marido? Conheço vários, desde o meu avô...

Esposa: César, você está me dizendo a verdade?

Dr. César: ...

Esposa: Deus! Você não sabia mesmo!!!

Dr. César: Sabia do quê?

Esposa: Você não sabia sobre esses tipos de "maridos"?

Dr. César: Como é que eu poderia saber? Acabei de ver um... ei... espera aí... e você sabia?

Esposa: (jogando o guardanapo na mesa e se levantando) Meu Deus, César! Eu sei que falhamos na nossa comunicação aqui e ali como um casal normal, mas há de convir que isso é grave! Não faço ideia de como você passou batido por tudo isso, meu querido! Ainda mais sendo um psiquiatra?

Dr. César: Como assim? E onde você ficou sabendo dessa história de marido?

Esposa: Não é onde, César, é quando. E eu te pergunto COMO você ainda passou batido por isso, meu anjo?

Dr. César: Agora sou eu quem estou mais confuso que o próprio paciente...

Esposa: (puxando a cadeira e se sentando próximo a ele ternamente) Ó, meu querido. Todos esses anos juntos, sem filhos, centrados no trabalho... aliás, as pessoas são tão superficiais quando vamos às festas e encontros que até eu no princípio fiquei chocada...

Dr. César: Nossa! Então você conhece "maridos"...

Esposa: Já faz tanto tempo que chego a acreditar que agora você talvez seja o único verdadeiro na face da terra. Nossa, César, vem cá, dá um beijinho, meu ORIGINAL!

Dr. César: (se levantando) Espera aí... caramba, não está vendo que eu estou chocado. Não estou entendendo essa história... dá pra explicar... o que está acontecendo...

Esposa: Não é o que está acontecendo. É o que já aconteceu há muito tempo. Você não viu seu paciente? Coitado, ele é da antiga. Uma peça velha que com certeza a agência vai aposentar.

Dr. César: Meu Deus, onde eu estive durante todos esses anos?

Esposa: Do consultório pra casa, de volta pro consultório, congressos, nossa casa de campo, leituras, um jantar aqui, outra festa ali, sempre querendo cair fora, sem prestar atenção nas pessoas e C.C.C., casa-congresso-consultório!

Dr. César: (enchendo um copo de uísque e sentando no sofá) Agora me conta, você conhece mesmo algum "marido"?

Esposa: Original? Só você, meu amor... vem cá meu anjinho...

Dr. César: Deixa de brincadeira, mulher! Eu tô falando sério...

Esposa: Com essa braveza toda, imagino que esteja preocupado que eu tenha usado uns serviços...

Dr. César: Você não está falando sério?

Esposa: Claro que não! Você não entendeu o que o paciente disse?

Dr. César: E "outros serviços"?

Esposa: Agora você começou a me faltar com respeito...

Dr. César: Perdão, querida. Mas, por favor, conta logo o que você sabe então sobre essa história?

Esposa: Vou contar o que sei.

Dr. César: Então conta logo.

Esposa: Você sabe que eu e você somos dois dinossauros e que minhas amigas ficam trocando de maridos há muito tempo...

Dr. César: Até aí tudo bem, pois alguns dos meus amigos que foram casados com suas amigas também vêm trocando de mulheres...

Esposa: Mas os homens são diferentes. Eles sempre aparecem com uns brotinhos e, você sabe, toda aquela questão de jovialidade que não vamos entrar em detalhes. Claro que surgem outros que se casam com mulheres da mesma idade, ou mais velha, mas a questão do Édipo ainda está em voga.

Dr. César: E o que isso tem a ver? Vocês não fazem o mesmo?

Esposa: Claro que fazemos... mas as necessidades são outras... bem mais numerosas que as de vocês. Se bem que uns bofes para nós também são uma mão na roda...

Dr. César: Porra, não pega pesado... vá direto ao assunto.

Esposa: Direto ao assunto é o que as mulheres fazem. Elas questionam umas às outras constantemente. Coisas que vocês entre homens não fazem... só contam vantagens.

Dr. César: Vá direto ao assunto.

Esposa: Tá bom. Começou com a Angélica.

Dr. César: Como assim com a Angélica? A Angélica é minha irmã...

Esposa: Minha cunhada...

Dr. César: A gente se reúne todos os anos no Natal nos últimos anos desde que a mamãe ficou sozinha... o Paulo já está com ela há uns três anos e olha que ela estava separada há mais de um ano desde que o Jorge a deixou sozinha com as crianças...

Esposa: Pois é. Ela conheceu a Agência e o Paulo tem sido o par perfeito desde então.

Dr. César: Não acredito! O Paulo??? Meu cunhado?

Esposa: É. O Paulo é um Marido. Não é à toa que todos o achavam perfeito para ela e para as crianças quando ela timidamente o apresentou logo depois da morte do seu pai. Até sua mãe ficou tão encantada com ele que não parava de dizer o quanto ele a lembrava do seu Onofre, lembra? Ele era tão perfeito com todos que causava inveja. Até eu fiquei com inveja.

Dr. César: Você?

Esposa: Não vem com esse papo agora pra cima de mim. Você ficou super empolgado com ele... era "Paulo, vamos pescar", "Paulo, vamos preparar o churrasco", "Paulo, não acredito que esse é o seu filme favorito também". César, cheguei a pensar que estava brotando um homossexualismo oculto em você que fui pra cima da Angélica pra saber qual era realmente "a deles".

Dr. César: Não acredito que você pensou isso de mim!

Esposa: Como não?! A gente sempre em uma rotina totalmente certinha, totalmente planejada e eu já habituada com o seu CCC e, de repente, você fica todo saltitante com a chegada do Paulo, que eu tive que pensar alguma coisa coerente. Você há de convir que não havia outra.

Dr. César: É, você tem razão. A morte do papai, a mamãe sozinha, a Angélica com as crianças e nós com a nossa vida. Realmente, o Paulo foi uma grande alegria naquela ocasião e eu me senti empolgado com um cara tão legal aparecer bem naquela hora. Aliás, até hoje, ele é um cara excepcional.

Esposa: Porque ele é um Marido. É a função dele.

Dr. César: Nossa, fiquei muito triste agora. Poxa, não acredito. Era tudo uma farsa... o Paulo!

Esposa: César, não é uma farsa. Não é porque não é Original que chega a ser uma farsa.

Dr. César: É no mínimo estranho.

Esposa: Não é mais estranho. É prático. Você já imaginou quanto tempo a Angélica levaria para superar a situação da separação, sem contar às crianças? E o novo namorado "original"? Poderia dar certo, ou não. E quanto tempo levaria até ela, ou o namorado, ou as próprias crianças descobrirem se iria dar certo? Agora eu te pergunto: o que há de errado com o Paulo se tudo está dando certo para a sua irmã e seus sobrinhos? Você não acha que não pensei sobre isso durante esses anos?

Dr. César: E por que não me contou sobre isso antes? Por que não me falou?

Esposa: Bem... acho que você não se lembra bem, mas na época nós não estávamos bem.

Dr. César: E você tinha certeza que iríamos nos separar e já estava tramando uma alternativa...

Esposa: Não tem por que mentir, né, César?

Dr. César: Não acredito que você pensou nisso!

Esposa: E você pensava o quê? O que um homem pensa quando está prestes a se separar? Se trancar em um quarto ouvindo músicas românticas e encharcando o travesseiro de lágrimas? Veado você nunca foi e aliviada me senti quando entendi a história do Paulo. E veado não faz isso mesmo, correr para o próximo bofe para matar as mágoas, como qualquer homem. Porque nem um nem outro deixa de ser homem. E os homens caem na farra para esquecer. A mulher quando cai na farra depois de terminar algo, é que nem cocaína, a depressão vem em dose dupla. Claro que eu tinha que pensar em uma alternativa naquela época. Tanta novidade...

Dr. César: ...

Esposa: Que cara é essa que você está me olhando?

Dr. César: Você ainda pensa nisso?

Esposa: Claro que não, homem! Isso foi lá atrás quando descobri sobre o Paulo e a gente não estava bem.

Dr. César: Que história mais louca.

Esposa: Felizes são os inocentes, ignorantes e avessos às mudanças.

Dr. César: Nesse ponto sou extremamente ignorante.

Esposa: Ignorante não, meu doce, apenas inocente no seu modo puro de ver as coisas.

Dr. César: Gostei do puro.

Esposa: Os homens não deixam de ser puros em suas conquistas banais. Nós, mulheres, é que somos safas. Quando acordamos e encaramos o espelho, não há como homem algum adivinhar como vai ser o resto do nosso dia. E vocês são tão complacentes com isso que ainda não entendem como chegaram no final dos seus, seja ele no inferno ou no céu de uma mulher. Por isso que dormem cansados. No outro dia sempre tem mais.

Dr. César: O que você falou agora me lembra duma antiga música do Caetano: "mas ela é um livro místico e somente a alguns a que tal graça se consente é dado lê-la".

Esposa: Possivelmente esse deve ser o lema da Agência de Maridos. Eles fazem o trabalho direitinho.

Dr. César: É, mas tem uma música do Lô que diz que "nenhum mistério irá secar a fonte desse nosso desejo".

Esposa: É verdade... mas enquanto isso eles vão tentar clonar maridos cada vez mais perfeitos. Há uma crise de maridos no planeta. Com tanta novidade, quem é que vai querer ser marido?

Dr. César: E quem vai querer ser esposa?

O homem bumerangue

Esposa: Esposas sempre haverá, senão não haverá a perpetuação da espécie. Nós saímos de um ventre e, durante esse processo, não somos assim tão autossustentáveis.

Dr. César: Claro que são. E os maridos de aluguel?

Esposa: Podem até existir, mas o que será do espelho?

Dr. César: Vamos dormir?

Esposa: Não. Vamos ficar acordados.

Dr. César: Eu topo. Mas, antes, me diga quem mais tem desses Maridos?

Esposa: A Sônia, a Mariana, a Adriana, a Maria, a Soraia, a Jussara, a Renata, a Renê, a Aninha, a Sílvia, quem mais... ah, lembra daquele amigo seu, o Gerson, ele é um deles... que eu saiba, agora, Original, é só você. Vamos pra caminha, meu Original...

Dr. César: Nossa! O que será do Marido que apareceu no consultório? Será que ele volta? Dei uma medicação contra o pânico e um atestado.

Esposa: Com certeza será aposentado. Mas eu não te aposentei ainda, vamos que a noite promete.

Dr. César: Gostei do "original"...

A Balada de
Momo e Uli

Ulisses aguardava ansioso a visita do amigo que não via há muito tempo. O quarto de hóspedes no escritório em meio a livros parecia aconchegante o suficiente, o estoque de bebidas e os ingredientes para os pratos que iria servi-lo estavam como de costume, incluindo as flores silvestres nos banheiros, um lírio no vaso da mesinha ao lado do telefone e outras tantas na sala e na sacada do apartamento onde até as plantas inquilinas já haviam sido regadas com todo o cuidado do mundo. Olhou no espelho na saída da porta para dar uma derradeira checada no visual, saiu, entrou no carro polidamente lavado para a ocasião e se dirigiu ao aeroporto no meio de uma tarde ensolarada de verão, incerto. Mas será que realmente o amigo viria? Pura ansiedade ou simplesmente o fato de conhecer bem o amigo que, no decorrer da amizade, outrora faltara aos encontros com a mesma desculpa filosoficamente esfarrapada de sempre "basta estar vivo, as coisas acontecem, e a gente sempre acaba se envolvendo", ao que sempre respondia como se fosse uma senha qualquer, "um galho na correnteza é o que tu és". Uma guerra e paz entre eles que nunca se acabava e prolongava a amizade depois dos encontros.

O voo chegou e o amigo estava nele, tão simples assim sem metáforas ou ironia, apenas abraços, beijos, tapas nas costas, sorrisos e alegria. O amigo admirou o trajeto da viagem, o lugar, o novo carro moderno e polido e tantas novidades ou assuntos antigos para trocar que até a trilha sonora fora bem escolhida, aliás, teriam uns dias de férias para colocar o papo em dia e relembrar tantas outras férias, discussões, momentos felizes e experiências vividas.

– Que apartamento legal esse! Que vista tem essa sacada! Parabéns... e a Penélope? – Disse o amigo assim que entrou.

– Bem, ela está trabalhando, mas deixou uma notinha ali ao lado do telefone para você ler assim que chegasse. Mas, antes, abra esse presente aí em cima da mesinha de centro que é para você, enquanto eu pego uma cerveja bem gelada. Ah, escuta esse som, se lembra do Khaled? Essa canção Aicha é memorável...

– Nossa! Tem maconha aqui pra lá de ano – disse o amigo ao abrir o presente...

– É só um baseadinho pra calibrar as emoções que descolei com umas ninfas lá no parque para matar a saudade, haxixe é coisa do passado. Saúde!

Sentados na sacada olhando o grande lago ao horizonte relembraram histórias e fizeram um rápido *update* do que acontecera na vida deles até então, quando finalmente o amigo, voltando da cozinha com uma cerveja na mão, resolveu pegar o bilhete que Penélope havia deixado para ele.

– Posso ler, ou espero até ela chegar?

– Não. Deve ler e assim já entenderá.

"Querido Momo, bem-vindo. Sinto muito não estar em casa para recebê-lo. Aliás, sinto até demais porque foi tão carinhoso e receptivo comigo quando o visitei em sua casa. Você e a Cherry foram tão maravilhosos comigo e eu me sinto tão mal em não retribuir sua visita nesse momento delicado em que não estou em casa para recebê-lo como fizeram comigo. Peça à Sherazade que me perdoe, mas na primeira oportunidade, conversaremos e sei que entenderá. Eu e o Ulisses tivemos uma séria discussão antes da sua chegada. Coisas nossas que já vinham se arrastando há algum tempo, e falo abertamente para você porque somos todos tão próximos. Infelizmente, culminou antes da sua chegada e acabamos nos separando. No entanto, deixei tudo pronto, sinta-se à vontade, pois com certeza não há nada no mundo melhor que um amigo, e o Ulisses vai precisar muito disso agora, ou seja, você chegou na hora certa. Mil perdões por não estar aí nesse momento que tanto aguardávamos, mas a vida é assim. Beijo carinhoso, Penélope. PS: avise o Ulisses que o camarão que está na travessa na parte de baixo da geladeira é pra ser consumido hoje, senão amanhã vai ser outra história! Já conversei com a Cherry e ela já está sabendo. Beijos, Penê".

Assim que terminou de ler, Mohamed caiu na gargalhada deixando Ulisses mais atônito ainda do que estava desde que aquele dia começou. Não era por menos. Duas situações inusitadas. A separação da mulher e a chegada do amigo. Por mais que Penélope deixara claro na carta que o amigo lhe faria bem, nem uma coisa nem outra lhe faziam bem porque nada ali estava como fora planejado antes. Pelo amor de Deus, pensava ele, que porra é essa. O que prospectava dias antes como uma confraternização entre o amigo que não via há uns dois anos e sua família, agora se transformava em uma situação totalmente adversa, na qual deixaria de ser o protagonista de um momento feliz da sua vida para ser o protagonista de uma situação infortuna e trágico-cômica que o faria responsável pela infelicidade da mulher e ainda ter de recorrer aos prantos e aos braços do amigo lhe roubando as férias.

Que merda, tudo errado. Só queria que tudo desse certo, assim como Mohamed e Sherazade fizeram com eles, não no sentido de retribuir o que fizeram, apenas uma questão de troca de felicidades, do tipo "estamos dando certo, a vida tá legal, entendemos nossas diferenças e temos um projeto de vida". Era só o que o Ulisses queria, diante do amigo, depois de outras aventuras, depois de tanto tentar entender as parceiras, mais que a si mesmo. Era o que pensava, enquanto Mohamed gargalhava na sua frente, sem entender se era o efeito do baseado ou do que lera do bilhete.

– Vai, continua rindo... agora deu pra tirar sarro da minha cara... o que a Penélope escreveu aí? Você é amigo meu, hein? Caralho!

– Porra, Uli, não tem como não rir, não é velho? A gente se conhece há anos...

– Porra digo eu, Momo! Montei tudo para a sua chegada e a gente ia se divertir pra caramba e me acontece uma dessas? Não é legal. Eu e a Penélope estávamos tão felizes esperando você, lembrando a última viagem que a gente fez com você e a Sherazade e que foi tão legal, aliás vocês foram nota dez, não deixaram a gente gastar um centavo e todos nos divertimos pra cacete, é óbvio que queríamos retribuir no mesmo pique. E aí rolou essa merda, que rola de vez em quando e que deveria ser saudável entre os casais, mas não agora. Acho que o problema de cumplicidade entre casais é algo que está fugindo da minha jurisdição.

O homem bumerangue

Mohamed parou de rir e se levantou da cadeira. Foi até a beirada da sacada e ficou olhando longe, no firmamento, como se pudesse entender algo que estava acontecendo do outro lado do lago, bem mais além.

– Você com essa mania sensual, fiel e feliz de lidar com as coisas, Uli! Você com esse seu jeito feliz e contagiante, de agradar a tudo o que a Penélope quer depois de tantos anos? Não sei, não, assim você acaba se ferrando de vez. Pare de tentar agradá-la a torto e a direito. Isso é errado. Acaba um fazendo o que o outro quer e juntos não chegam a lugar algum. Ou melhor, até chegam: ao tédio.

E por aí o assunto seguiu sobre o quanto era fácil satisfazer às ninfas sedentas de aventuras e romances infindáveis, por mais que por fora fossem ninfas e por dentro, milenares. E Mohamed deixou claro ao amigo que Penélope era exatamente o contrário. Era sua ninfa guardada a sete chaves com uma beleza milenar, como um livro místico que, mesmo sendo um sábio, custaria lê-la. Como sua própria Sherazade. Mas que o problema é que as mulheres mudam, e os homens não. E como mudar?

Ulisses ficou assim calado por alguns minutos, meditando se o papo era sério ou viagem de chapados. Do nada, bateu a epifania. Depois de tantos novos eus dentro de si, seria mais fácil conhecer um eu todo de fora livre para conviver com o outro. Coisa que jamais lhe ocorrera enquanto acrescentava camadas de seus novos eus sobre ele mesmo para tentar entender as mudanças que ocorriam na patroa. Queria muito do outro, enquanto o outro se preocupava apenas com as flores, os camarões, a casa arrumada e, como ele, apenas uma bela recepção para o amigo. Ficou quieto enquanto ouvia a insensatez do Tom com o Sting.

147

Quando acabou a música, Mohamed voltou-se a Ulisses e disse:

– O que você acha que eu estou fazendo aqui sozinho?

– A Sherazade está trabalhando, está com um projeto novo e você veio me ver e levar uma surra de mim no golfe, trocar testosterona, xingar o time do outro, chamar o outro de corno, veado, tomar umas geladas e rir das besteiras alheias!

– Claro, meu amigo, isso faz parte. Mas é que agora elas estão sempre trabalhando. Nós é que perdemos tempo.

– Onde estávamos mesmo?

– Não sei. Sou seu convidado.

– Vai buscar uma cerveja enquanto eu enrolo outro baseado.

– Fechado.

– É, a gente é tudo igual.

– Onde querem cowboy, somos chineses?

– Não. Bichas testosterônicas explícitas. A coisa mudou. Aliás, meus amigos gays são mais autoafirmados que eu. Você não faz ideia do quanto eles me ensinam como ser mais firme nas minhas convicções, por isso que estou aqui, para ver se enxergo melhor as coisas de longe.

– Aliás, tem um casal amigo meu e da Penélope que eu realmente invejo. Elas têm uma cumplicidade e compreensão entre elas que eu olho e me pergunto como não chegamos nesse nível?

– É, as pessoas que batalham mais por direitos, que para nós já parecem adquirido há séculos e tomamos como de lei, sentem um prazer e uma satisfação maior quando atingem um lugar ao sol. Nós é que somos acomodados e precisamos aprender muito.

– Pelo menos amanhã fará um belo dia de sol para darmos início a nossa batalha nos campos de golfe.

O homem bumerangue

– Isso vai ser revigorante...

– Coma mais camarões, coma! Não há metafísica melhor do que saborear frutos do mar...

– Assino embaixo!

– E Penélope?

– E Sherazade?

– Só sabemos que ainda estão lá. Saúde!

– Escuta essa.

– Nossa!!! "Double Fantasy", John e Yoko!!! Décadas que não ouço isso!

– Achei esse disco ontem e fiquei imaginando o que o Lennon estaria compondo se estivesse vivo? Será que continuaria revelando as nossas fragilidades cada vez mais acirradas?

– É, meu amigo, acho que a pergunta é outra. Será que a Yoko, como a Sherazade e a Penélope, ainda o reconheceria nos dias de hoje?

– Complicado...

– Pega lá o violão, vamos pensar nisso.

– Como nos velhos tempos!

– Como nossos pais!

Tocaram o álbum umas vinte vezes e, em seguida, depois de lembranças boçais, concluíram que tanto Lennon quanto eles continuariam tentando reverter o papel masculino e compuseram o que chamaram de "Cotidiano Nº 4", porque na cabeça deles o número um era do Vinícius, o dois do Chico e o três do Caetano, o que consideravam como o momento de transição para uma nova era que nem eles sabiam como iria se transformar, por mais que acreditassem na mudança e pelo quanto temia por ela:

"Antes d'ela chegar
Eu já me preparo pra ela.
Me removo do pijama, troco o disco,
Arrumo a cama, me preparo pra ela.
A conta do aluguel está paga,
Máquina de lavar, consertada.
Roupa suja tem que ser lavada em casa.
Senão toda a semana.
Senão quando precisa.
Para certas horas de 'ocasião'.
A cabeça tá feita.
Minhas coisas e meus fantasmas eu ponho de lado.
E o meu eu que pertence a ela,
Deixo que tome conta de mim.
Não é por causa dela,
É que, com ela, eu me sinto muito mais eu,
Perto de mim.
Não é porque eu me preparo pra ela?
Que não esteja em controle sobre aquilo que quero dela,
O que dela é de mim,
E de mim o que for dela.
Seja o que for,
Amanhã não sei,
E nem sabe ela de nada,
Só sei que hoje
Arrumo a cama pra ela...".

Se autoafirmaram umas tantas vezes repetindo a canção nova e, finalmente, dormiram bem depois da Estrela da Manhã e da Aurora chegarem, um no chão da sala de estar e o outro no sofá abraçado ao violão e com uma única certeza: a ressaca virá enorme.

Procurando
Helena

As lamúrias *vintages* do ébrio, cuja amada o abandonou, ecoavam na mata e pelo vão da lagoa entre um ponto equidistante entre o Atlântico e o Pacífico, onde um grupo de homens já a emendava com o moderno último romântico, vozes exaltadas em "só falta te querer, te amar e te esquecer", embalados pelo violão madrugada adentro, à beira da piscina, iluminados pelas tochas de citronela nesse cenário de mesa de bar, diante de uma enorme varanda e debaixo de uma frondosa mangueira no quintal da casa de campo. Era uma roda de homens. E homens fazem o que homens fazem de melhor quando estão entre homens: beber, rir, debochar de suas desventuras, beber de novo, chorar, porque chorar é coisa de macho, abraçar uns aos outros, passar a mão na bunda do outro, rir de novo, contar piada, dar cascudos na cabeça, tirar sarro do time do outro, embora o dele mesmo não jogasse nada, beliscar uns petiscos e discutir receitas, caçar acordes no violão e contar causos falando de mulheres e muita filosofia. Em suma, tudo o que o homem faz e não sai disso. E por que sairiam? No mundo dos homens entre homens, de pausa com o mundo, é só alegria. *Bullying*, politicamente correto, racismo, preconceito, estas coisas não passam nem perto. Lá fora, é outra história. Cheio de todas as gentes e quereres e coisas sisudas. Férias de obrigações e responsabilidades e todo aquele fardo que homens acham e acreditam piamente que só eles carregam nas costas.

– Pai?

– Fala, meu amor.

– Pai?

– Fala, princesa.

– Paiii! Você não está prestando atenção!

– Claro que estou, lindinha. O que foi? Vem aqui.

– Não, vem você aqui.

– Está bem, princesa, estou indo...

– Vem logo!

– O que houve, meu amor?

– Não consigo dormir com todo esse barulho.

– O que você quer que eu faça, que mande todos embora?

– Também não é assim, né, pai. Todos estão hospedados aqui.

– Então por que não coloca o som com a música que você gosta no ouvido, assim você não precisa ouvir a gente...

– E se eu sumisse, desaparecesse, ficasse invisível, talvez funcionasse?

– Também não é assim, amor... não precisa sumir.

– Assim eu viajo com as minhas coisas e os meus personagens também.

– É. Dar asas à imaginação é uma boa ideia para dormir. Melhor do que contar carneirinhos, não é?

– Está bem, pai, vou viajar.

– Isso, vai viajar.

O homem bumerangue

Voltou o pai à mesa e à roda de amigos. Passados minutos ou horas, um disse.

– Vou abastecer a mesa de novo e mudar o som, alguém quer alguma coisa?

– Aproveita e passa no quarto da Helena e vê se ela já dormiu.

Minutos depois, o amigo grita da porta da varanda.

– Ela não está no quarto.

– Como não está no quarto? Você olhou direito?

– Procurei no seu quarto e também não a vi.

O pai saiu correndo para dentro da casa com os outros atrás. Revistaram a casa inteira e não encontraram a pequena.

– A porta da sala está aberta – disse um deles. – E o portão também está aberto.

Saíram todos eles em disparada pela rua escura gritando o nome da pequena Helena. Pegaram lanternas e começaram a procurar pelas frestas da mata ao redor e nada. Percorreram em volta do lago gritando e nada de resposta da menina. O desespero havia tomado conta de todos. Dois deles voltaram de carro depois de percorrer uma distância razoável na estrada sem encontrar pista alguma. Não havia outra solução senão acionar imediatamente a polícia. O pai trêmulo e inconformado por não ter dado atenção devida à filha quando ela o chamou se sentia mais culpado ainda imaginando o inimaginável. Correu até o quarto da filha para buscar um agasalho para ela, caso a encontrasse com frio, abriu o guarda-roupa e, ao tentar puxar o agasalho enroscado em um cobertor, viu um pezinho despontar para fora. Quando abriu a outra porta do armário, viu a pequena encolhida lá dentro, abraçada com o seu ursinho de estimação, o som ao último volume no seu ouvido e dormindo pesado. O alívio foi tão grande que ele caiu de costas e ficou sentado no chão, encostado na cama e a observando. Os demais entraram, olharam a cena, viram a pequena dormindo e um deles disse para não mexer com ela, que estava bem confortável naquele ninho que ela mesmo criara.

Voltaram à mesa e depois de minutos ou horas de silêncio entre eles, um disse:

– Uma vez ouvi uma crítica literária canadense que postulava que você é mais livre no segundo idioma do que no seu idioma nativo.

– Como assim?

– Porque você não leva para o segundo todo o sofrimento e experiências que teve que lidar no primeiro. Você se torna livre para se reconstruir no segundo sem a memória do primeiro, vocês entendem?

– Interessante, fale mais sobre isso...

– Na realidade, você se vê como outra pessoa do outro lado. A princípio é como aquele período em que a gente sai da barra da saia da mãe. Do mesmo modo que a gente se sente livre com as novidades de viver a própria vida, sentimos também a saudade da comida da mãe que tanto ignorávamos. E com isso vem todo o carinho e afeto que recebíamos em casa e que agora você sente que tem de buscar dentro de você mesmo, já que sua mãe não está mais lá.

– E você transfere à esposa a imagem da mãe?

– A maioria ainda faz isso porque não quer crescer.

– Então você tem que aprender tudo de novo sozinho?

– Exatamente! Mas não é só aprender tudo de novo. É criar em cima do que você aprendeu de forma renovada para poder passar a sua essência para os seus próprios filhos.

– E assim eles vão embora sentindo saudade da minha comida?

– Talvez não da comida necessariamente, mas do cheiro dela. O cheiro fica.

– Não sei quem me falou que o cheiro e a música são as únicas coisas que nos remetem automaticamente a uma experiência passada.

– É verdade. Também ouvi isso e sempre que sinto um cheiro diferente me lembro na hora de algo relacionado a esse cheiro no passado.

– Odeio cheiro de eucalipto. Havia um cemitério na cidade quando era pequeno que ficava no meio de um monte de eucalipto. E para mim o cheiro do eucalipto era o cheiro dos mortos.

– Que louco isso!

– É verdade! Até hoje sinto algo estranho.

– Eu tenho isso mais com a música. Ela me devolve a um eu que não existe mais.

– Eu, quando falo inglês, sou outra pessoa. Falo palavrões que não conseguiria jamais repetir em português. Lembro até as bofetadas da minha mãe quando me pegava falando palavrão. Com o tempo fui deixando de falar e cheguei até a não gostar de ouvir pessoas usando palavrões de forma exagerada.

– Eu acho que a bossa nova é uma balada do rock pesado.

– Por que você diz isso?

– Não sei. Talvez porque me sinta como um roqueiro preso dentro de um corpo bossa nova nesta altura do campeonato.

– Essa é boa, gostei. Toca aquela balada do Ozzy, "Changes", ela é uma espécie de bossa nova então.

– Para você ver, até o Ozzy Osbourne virou bossa nova.

– Bossa, rock, MPB... e o rock rural? Gosto do Sá, Rodrix, do Beto, dos Borges...

– Nossa, pessoal, estamos viajando na maionese...

– Prefiro o Cazuza... o tempo não para...

– Prefiro São Jorge amado...

– E eu, a paciência de São Dorival Caymmi...

– Eu gosto do Ronaldo...

– O gaúcho, ou o fenômeno?

– O Bastos...

– Sei lá, mil coisas...

– Tem tanta coisa por aí que nem eu entendo mais...

– Nem eu...

– Nem o cheiro...

– Toca aquela?

E assim, entre músicas e causos e bandeiras e até denises, aguardaram a chegada da aurora, de pé, abraçados, com os olhares fixos no firmamento sobre as ondas verdejantes da mata, profetizando que um índio desceria de uma estrela colorida brilhante e impávido que nem Muhammad Ali. É, os verdadeiros homens são simples assim... Sofrem, mas seguem firme, aprendendo!

FIM

Impresso em São Paulo, SP, em julho de 2014,
em papel off-white 80 g/m², nas oficinas da Graphium.
Composto em NewsGoth, corpo 11 pt.

Não encontrando esta obra nas livrarias,
solicite-a diretamente à editora.

Escrituras Editora e Distribuidora de Livros Ltda.
Rua Maestro Callia, 123
Vila Mariana – São Paulo, SP – 04012-100
Tel.: (11) 5904-4499 – Fax: (11) 5904-4495
escrituras@escrituras.com.br
vendas@escrituras.com.br
imprensa@escrituras.com.br
www.escrituras.com.br